木下長嘯子

Kinoshita Choshoshi

大内瑞恵

コレクション日本歌人選057
Collected Works of Japanese Poets

JN303004

笠間書院

『木下長嘯子』——目次

凡例

一、本書には、江戸時代初期の歌人木下長嘯子の和歌五十首を載せた。

一、本書では、近世における新しい和歌の先駆けをなした木下長嘯子の和歌の特長をできるだけ分かりやすく解きあかすことに主眼を置いた。

一、本書は、次の項目からなる。「作品本文」「出典」「口語訳（大意）」「鑑賞」「脚注」・「略伝」「略年譜」「筆者解説」「読書案内」「付録エッセイ」。

一、和歌本文は、原則として『新編国歌大観』所収『挙白集』に拠り、諸本を参照して一部の語句ならびに表記を改め、適宜ふりがなをつけて読みやすくした。出典欄ならびに本文・脚注の和歌本文および歌番号も、主として『新編国歌大観』に拠る。詞書も適宜読みやすく表記を改め、本来はない句読点をほどこした。

一、鑑賞は、基本的には一首につき見開き二ページを当てた。

木下長嘯子

01

霞《かすみ》たつ逢坂山《あふさかやま》のさね葛《かづら》また繰り返し春は来《き》にけり

【出典】挙白集・春歌・一、麓のちり・一

霞たつ逢坂山のさね葛、そのさね葛の蔓《つる》をたぐり寄せるように、繰り返してまた今年も春が巡《めぐ》ってきたことだ。

長嘯子《ちょうしょうし》の歌文集『挙白集《きょはくしゅう》』の巻頭《かんとう》を飾る一首。「さね葛」はその蔓《つる》を手《た》繰《ぐ》ることから「繰る」という語を導く。したがって「霞たつ逢坂山のさね葛」までが「繰り返し」を導く序詞《じょことば》で、歌の趣意《しゅい》としては「また繰り返し春が来た」ということをうたっているに過ぎない。ただ勅撰集《ちょくせんしゅう》では四季の始まりを立春《りっしゅん》詠から始めるのが伝統であって、それをいかに新しく詠むかが歌人たちの見せ所であった。長嘯子はそれを「逢坂山のさね葛」を持って

【詞書】春たつ心を。

【語釈】○霞たつ―「春」または「山」を導く枕詞。○逢坂山―京都から東国へ向かう玄関口として知られた京都と滋賀の境にある山。○さね葛―モクレン科の蔓草。○蔓を手繰ることから「繰り

くることでおおらかな立春の歌に仕立てたのである。

「逢坂山のさね葛」は、『百人一首』に取られた藤原定方《さだかた》の「*名にし負はば逢坂山のさね葛人に知られで来るよしもがな」で有名になった。長嘯子も明らかにそれを意識している。定方の歌は「繰る」と同音の「来る」を導いているが、長嘯子の弟子の*山本春正《しゅんしょう》の『百人一首抄』は、さね葛の蔓を引くと、茂みなどに生えているためにどこから寄ってくるのか見えない。同じように、私の思う人も世間から知られないように来る方法があればよいのにという意だと説いている。つまりこの歌の「逢坂山のさね葛」は「知られで」とか「*知られぬ」を導く語としても詠まれているのだ。そうするとこの歌は、霞たつ山の様子から、春が人知れずこっそりと訪れていたことに気づいたことをしみじみと詠んだ歌ということもできるだろう。

『挙白集』を難じた『*難《なん》挙白集』はこの歌について「もっとも優美に聞こえ侍《はべ》り」と褒《ほ》めはするものの、「されども巻頭に置かるべき歌にはあらざるべし」と非難する。しかしそうであろうか。春の歌として巻頭にふさわしいと思う者もいた。*河瀬菅雄《かわせすがお》は私撰集《しせんしゅう》『麓のちり』にこの歌をどうどうと巻頭に据《す》えて厚遇《こうぐう》している。

返し」の「繰る」に掛かる。

*名にし負はば逢坂山の……—後撰集・恋三・七〇〇・定方。

*山本春正—長嘯子の弟子の蒔絵師で法橋（一六二〇—一六八二）。打它公軌《うつだきんのり》の後を受け長嘯子の歌文を『挙白集』として公刊した。

*知られぬを—たとえば「絶えぬるか逢坂山のさね葛知られぬ程をなに歎くらん」（新後撰集・恋四・一〇九一・源兼康）など。

*難挙白集—長嘯子の没後に春正が出した『挙白集』を貞徳の門下「尋旧坊」なる人物が論難した書。

*河瀬菅雄—京都の歌人・歌学者（一六四七—一七二五）。家集に「酔露軒集」がある。

02

年の緒《を》を去年《こぞ》と今年《ことし》に縒《よ》りかけて一筋《ひとすぢ》ならぬ春は来にけり

【出典】挙白集・春歌・四、林葉累塵集《りんようるいじんしゅう》・一

年内立春になった。年という長い糸をあたかも去年と今年の二本の糸を縒り合わせたように、決して一本とは言えぬそんな春が来たことだ。

前歌から三首後の歌。この並びの歌は皆「春は来にけり」で終わっていて、長嘯子がいろいろな春を実験的に試みたことを窺《うかが》わせる。
歳月を糸の「緒《お》」に見立てる表現は、『古今集』の*凡河内躬恒《おおしこうちみつね》の歌にもあった。また詞書《ことばがき》にいう「年内立春《ねんないりっしゅん》」も古くからうたわれてきたテーマの一つで、普通は新年になって春になるところを、月齢《げつれい》を基準とした旧暦の具合で十二月中に立春を迎えることがあり、これを年内立春と言った。『古今集』

【詞書】年内立春。

【語釈】○年の緒―「緒」は命または糸や紐など一筋に繋がるものを指す。一年を長い紐に譬えた。

*凡河内躬恒の歌―「織女《たなばた》に貸しつる糸の打ちはへて年の緒長く恋ひやわたらむ」

春上の巻頭歌として有名な藤原元方《もとかた》の「*年の内に春は来にけり一年《ひととせ》を去年《こぞ》とやいはん今年《ことし》とやいはん」という歌は、そのズレの面白さをうたったものだが、*明治の正岡子規《しき》から「実に呆《あき》れ返った無趣味の歌」と酷評《こくひょう》された。しかし歌人たちにとっては、この「年内立春」をいかに詠むかが趣向の見せ所であった。その点では先の歌と同じである。

　年が明けぬうちに春が来てしまったために、今年の春は去年と今年で年を跨《また》いでしまう。それを糸に譬《たと》えるなら、まるで二本の糸を縒り合わせたようなものだと長嘯子は言う。年を「緒《お》」に見立てる手法は、室町時代の*正徹《しょうてつ》の「*君が経《へ》ん千世《ちよ》の年の緒《を》繰り返しまた端《はし》になる春は来にけり」、*三条西実《さね》隆《たか》の「*春霞立てるや同じ年の緒《を》を此方彼方《こちらかなた》に掛けて見るらん」などにも見え、それと年内立春を組み合わせたところに長嘯子の手腕《しゅわん》があった。

　しかし、以上のようなことを踏まえないと読み解けない歌でもある。文字通り「一筋ならぬ」ところがあるから、先にも挙げた『難挙白集』の著者はこの歌を誤解したらしく、詞書に説明を加えるべきだと注文をつけている。

　一方、弟子の*下河辺長流《しもこうべちょうりゅう》はこの歌を評価し、寛文《かんぶん》十二年（一六七二）に刊行した『林葉累塵集《りんようるいじんしゅう》』の巻頭にこの歌を置いて師匠に敬意を表している。

（古今集・秋上・一八〇・躬恒）。

*年の内に春は来にけり……―古今集・春上・一・元方。

*明治の正岡子規から―「再び歌よみに与ふる書」（明治三十一年二月）。

*正徹―冷泉流の独自な風をなした室町前期の歌僧（一三八一―一四五九）。家集に「草根集」、歌論に「正徹物語」がある。

*君が経ん千世の年の緒……―草根集・二七八〇。

*三条西実隆―室町後期の廷臣で歌人（一四五五―一五三七）。当代屈指の古典学の権威。家集に「再昌草」「雪玉集」があり、漢文日記「実隆公記」は著名。

*春霞立てるや同じ……―雪玉集・三二五六。

*下河辺長流―江戸前期歌学者（一六二七―一六八六）。万葉の研究者として知られる。

03

よもすがら軒端《のきば》の梅の咲きて待つ朝戸《あさど》教《をし》ゆる鶯《うぐひす》の声

【出典】挙白集・春歌・五一、林葉累塵集《りんようるいじん》・四一

軒端の梅が咲いて良い香りがする中で一晩中鶯を待っている。朝戸をいつ開けたらいいのか、そのタイミングを教えてくれる鶯の声だよ。

【詞書】鶯。

【語釈】○よもすがら―一晩中。「ひねもす」に対する。○朝戸―朝になって開ける戸。○教ゆる―教える。古典和歌では「教ふ」。そのため『林葉累塵集』では「教ふる」と直されている。

初句の「よもすがら」は三句《さんく》の「待つ」に掛かる。「待つ」は「先づ」とも取れるが、ここは長流編『林葉累塵集《*りんようるいじん》』に「咲きて待つ」とあるのに従うべきであろう。六句《ろっく》の「教ゆ」は古典では普通「教ふ」である。「教ゆ」とは室町時代ころから使われ始めた口語的表現《*》であり、狂言《きょうげん》などで用いられ始めた。和歌でこのような表現は珍しい。『挙白集』ではほかに二首「教ゆる」を用いている。「分け迷ふ木曽の御坂《みさか》の夕霧に打つ麻衣《あさぎぬ》ぞ里は教ゆる」*、

夕霧のために道に迷ってしまった木曽の御坂で、麻衣を打つ音が里の場所を教えてくれるという歌。そして、「*心ある身にまでなりぬ月と花のあはれ教ゆる夜半《よは》のけしきに」。こちらは、夜半の景色が月と花の風雅を教えてくれたという歌である。

『続後拾遺集《しょくごしゅういしゅう》』の歌に「*朝戸あくる風の匂ひに驚けば夜の間《ま》に梅の花咲きにけり」という歌がある。戸を開けてみると、風が梅の香りを運んできた。そこで、昨晩梅の花が咲いたのだなと初めて気づいたという歌。鶯がいない分だけ、長嘯子の歌に比べると梅の開花に驚いた感情がすなおにうたわれている。それに対し、この歌では、梅が咲いていることはわかっている。朝になって鶯の鳴き声が聞こえてきたが、鶯が逃げてしまわないようにいつ戸を開けるべきか、その開け時を鶯がこちらに教えてくれるというのである。「朝戸教ゆる」という言葉に長嘯子のやさしい機知がこもっている。

梅の開花と鶯を組み合わせた歌に、『風雅集《ふうがしゅう》』の「*梅の花匂ふ春べの朝戸開《あ》けにいつしか来つつ鶯の声」という藤原為基《ためもと》の歌がある。梅が香る中、朝戸を開けると、いつのまにか鶯が来ていてその声に聞き惚れるという情景。長嘯子はおそらくこの為基の歌を踏まえて右の歌を構想したのだろう。

*林葉累塵集—02に既出。

*口語的表現—新増犬筑波集・一八九〇「秘蔵する曲を教ゆる舞の袖」など俳諧でも用いられる。

*分け迷ふ木曽の御坂の……—挙白集・一八九〇・名所擣衣。

*心ある身にまでなりぬ……—挙白集・一七七七・朝ぼらけ。

*朝戸あくる風の匂ひに……—続後拾遺集・春上・四七・読人知らず。平安中期の禖子内親王家歌合での歌。

*梅の花匂ふ春べの……—風雅集・春上・六二。為基は二条為世の甥で、京極為兼の猶子となった鎌倉期の歌人。

04

若菜《わかな》つむ誰《た》が白妙《しろたへ》の袖ならむ雪は残らじ春日野《かすがの》の原

【出典】挙白集・春歌・五六、林葉累塵集・二一

この春日野の原で誰かが若菜を摘んでいる。チラチラと白いものが見えるが、もう雪は残っていないであろうから、あの白さは誰かの白妙の袖の色であろうよ。

旧暦の正月は現代の一月下旬から二月中旬頃に当たり、一年でもっとも寒い頃である。この時期を過ぎると一挙に春めいてきて、京都あたりでは木の芽や草の芽が萌《も》え始める。人々は春まだ浅い野に出て若菜を摘み、最初の子《ね》の日または七日にそれを煮た吸い物を食して無病息災《むびょうそくさい》を祈る習慣があった。江戸時代に入ると、これは正月七日に七種の菜を入れて作る七草粥《ななくさがゆ》を食べる行事として定着する。

【語釈】○白妙の―衣や袖に掛かる枕詞。「誰が白妙の」という表現は「山賤《やまがつ》の垣根に咲ける卯の花は誰《た》が白妙の衣《ころも》掛けしぞ」（拾遺集・夏・九三・読人知らず）など、卯の花や雪とみ紛う場合によく使われた。

『古今集』の紀貫之《きのつらゆき》の歌に、白妙の袖を振っていそいそと人が行くのは若菜を摘みにいくのであろうとうたった「春日野の若菜摘みにや白妙《しろたへ》の袖振りはへて人の行くらむ」という歌がある。長嘯子の歌が、この貫之の歌を本歌《ほんか》にしたものであることはいうまでもないだろう。

「春日野」は奈良の春日山の麓。現代の奈良公園の辺《あた》り。「春日」という字が春を連想させるとともに、若菜摘みにふさわしい野原である所から、若菜摘みの舞台としてよく歌にうたわれた。『百人一首』に採られた光孝《こうこう》天皇の「君がため春の野に出でて若菜摘むわが衣手《ころもで》に雪は降りつつ」という歌は、右の『古今集』の貫之の一首前に置かれた歌。若菜が萌え出る時節とはいえ、時には季節遅れの雪が降ることがあった。その雪の中をわざわざ君のために若菜を摘むという優しい心にあふれた歌である。

若菜を摘んでいる人影の中に白いものが見える。雪がまだ残るような季節ではないから、あれは誰かの白妙の袖であろうというのである。雪の白さに比較しているから、貫之の本歌に右の光孝天皇の歌をとり揃えた趣向である。雪か白い袖かを見紛《みまが》えるのだから、作者が見た遠景であろう。長嘯子の歌としては、絵画的な印象を素直に伝えている歌である。

＊春日野の若菜摘みにや……——古今集・春上・二二・貫之。

＊君がため春の野に……——同・春上・二一・光孝天皇。

05

雪もなほ布留野《ふるの》の若菜《わかな》袖《そで》寒み摘《つ》む乙女子《おとめご》や手房《たぶさ》吹くらし

【出典】挙白集・春歌・七一、林葉累塵集・一六

雪もまだ降っているここ奈良の布留野の若菜、その若菜を摘んでいる乙女たちは、袖が寒いので腕にしきりに息を吹きかけているようだよ。

布留《ふる》の地にある石上《いそのかみ》神社は、古代から聖地として尊崇《そんすう》されてきた。「石上布留」という成語《せいご》もある。その布留の野で、雪に手をかじかませながら若い乙女らが春の若菜を摘んでいる。現代でも見られるような乙女たちがはしゃぐ光景を、「手房」という古代めいた表現を使い、彼女たちがあたかも神話の登場人物であるかのように効果的に描きだした一首。布留の連想から、石上神社に仕える神女《しんにょ》らのイメージも重ねられているようだ。

【詞書】雪中《せっちゅう》の若菜を詠み給へる歌。

【語釈】○布留野―「布留」に「降る」を掛ける。布留は現在の奈良県天理市辺りの地名で、近くに古代からの石《いその》上《かみ》神社がある。○寒み―「み」は理由をあらわす接尾

この布留の地を詠んだ歌は古来多く、西行や新古今時代の定家もその古代的な雰囲気を好んで歌にした。「*春雨《はるさめ》の布留野の若菜生《お》ひぬらし濡れ濡れ摘まん筐《かたみ》手ぬき入《い》れ」、「*霞立ち木の芽春雨《はるさめ》昨日まで布留野の若菜今朝《けさ》は摘みてむ」といった、どちらも「春雨」を詠みこんで「布留」に「降る」を掛けた歌。長嘯子の「雪もなほ布留」という措辞《そじ》は、その春雨を雪に変えて出来上がったものだが、「若菜」については触れておくことがある。

前項でも触れたように、古来人々は、正月七日に七草粥《ななくさがゆ》を食することから、初春の子《ね》の日になると、春の野に出て若菜を摘んだ。光孝天皇の若菜*の歌も挙げたが、長嘯子の脳裏にはやはりこの光孝天皇の歌の「雪」のイメージもあったのであろう。

それにしても、乙女たちがかじかんだ手や腕に息を吹きかけるというシーンは古典ではなかなかない珍しい構図である。右に挙げた歌の中では、西行の「濡れ濡れ摘まん筐《かたみ》手ぬき入《い》れ」とあるのに近く、長嘯子の歌は西行のこの歌にヒントを得て作られた可能性が大きい。いずれにしても、古代と近代がミックスしたようなこうした光景をさりげなくうたった点に、前半生を武士として生きた長嘯子の現実的なセンスが感じられる。

辞。寒いので。〇手房―腕や手首を意味する古代語。

*春雨の布留野の若菜……―西行・山家集・二〇。「筐《かたみ》手ぬき入《い》れ」というのは、竹かごの柄に手を差し入れてという意味。

*霞立ち木の芽春雨……―定家・拾遺愚草・二一二九。

*若菜の歌―04参照。

06

四方《よも》の空は更《ふ》けしづまりて花の上にただ朧《おぼろ》なる月ひとりのみ

【出典】挙白集・春歌・二九八

四方の空はすっかり更け静まりかえって暗く、桜の花の上にただ月だけがおぼろげな光彩を放っていることだ。

ここからは桜の歌。詞書に「鎌倉時代から続く鳴滝《なるたき》の妙光寺がすっかり跡形なく荒廃していたのを、公軌《*きんのり》という者が建て直し、寺の傍らに自分の草庵を立てて驚月庵《きょうげつあん》と名付け、人々を招いて和歌を勧めたので、春夜ということを詠んだ」とある歌である。

「四方の空」「花の上」「月ひとり」と連ねた言葉からは、日本画のような静かな情景が浮かぶ。「四方の空」と「月」といえば、「*四方の空ひとつ光に

【詞書】鳴滝の妙光寺その形《かた》もなく絶え侍りしを、何がし公軌改め作りて、傍らに私の草庵をしつらひて、驚月と名づく、そこにて人々に歌すすめけるに、春夜といふことを。

＊公軌―長嘯子の弟子であっ

磨かれて並ぶ物なき秋の夜の月」という定家の歌がある。また「花の上」と「月」の組み合せなら「*暮れ果てて色も分かれぬ花の上にほのかに月の影ぞうつろふ」という*光厳院《こうごんいん》の歌がある。おそらくこれらの歌を組み合せたものであろう。また「月ひとり」とあることによって桜の上に月がおぼろに霞む情景が引き立っている。この「月ひとり」という言葉も早く*藤原忠通《ただみち》の歌にあって、中世から近世にかけて特に好まれた表現であるが、それを「月ひとりのみ」と結句に据えて余情《よじょう》を持たせたところに、長嘯子らしい味がある。

例の『難挙白集』は、いくつかある春夜の歌の中でも長嘯子が特にこの歌を「あはれ深し」と自讃《じさん》し、度々《たびたび》色紙に書いて人に贈っていたらしいと記し、「まことに春夜の景をかしくこそ」と褒《ほ》めはするが、しかし、わざわざ詞書をこんなに長く書く必要はない、その趣向は歌の上には表われていないではないかとけなしている。長嘯子としては面目を施した歌であったので自讃したのであろうが、彼の交遊関係が垣間《かいま》みえて興味深くはある。

芭蕉に「*暫《しばら》くは花の上なる月夜かな」という句があるが、この長嘯子の歌によるものであろうか。そうとすれば長嘯子の自讃もあながちは間違いではなかったことになる。

た打它公軌《うつだきんのり》（？—一六四七）。師の歌集を『挙白集』に編もうとしたが途中で没した。

*四方の空ひとつ光に…—拾遺愚草・六八八。

*暮れ果てて色も分かれぬ…—新後拾遺集・春下・一〇八・光厳院。

*光厳院—北朝第一代の天皇（一三一三—一三六四）。薫陶を受けた叔父花園院と共に「風雅集」を親撰した。

*藤原忠通の歌—「さざ波や国つ御神《みかみ》のうら寂《さ》びて古き都に月ひとり澄む」（千載集・雑上・九八一）。

*暫くは花の上なる…—元禄九年刊『初蝉』所載の句。

07

み吉野の山分《わ》け衣《ごろも》桜色《さくらいろ》に心の奥も深く染めてき

【出典】挙白集・春歌・三一七、林葉累塵集・一六五

修行者のように山奥へ分け入っていくと、衣が花の色を映して桜色に染まるが、衣どころか私の心の奥も桜色に深く染まって何ともこころよいことだ。

【詞書】寛永十七年二月二十八日、見樹院立詮《けんじゆゐんりゆうせん》の許にて、深山《みやま》の桜。

【語釈】○山分け衣―修行者や山伏などが山道を踏み分けていくときの衣。

満開の桜の中に分け入ると、着物だけでなく心の奥まで桜の色が深く染みこんでくるような感じがすることがある。それほど桜は人の心を捉《とら》えてやまない魅力がある。

『古今集』の神退《しんたい》法師の歌に「山分け衣」を詠み込んだ歌がある。「清滝《*きよたき》の瀬々《せぜ》の白糸繰《く》りためて山分け衣織りて着ましを」。吉野の清滝の瀬々に散る白糸を手繰って溜《た》めてそれを山入りの衣に織って着たいものだという意であ

＊清滝の瀬々の白糸…―古今集・雑上・九二五・神退法

る。この衣のイメージは清滝の流れのままに白い。実際修行者たちは白い浄《じょう》衣《い》を着て山に入った。長嘯子は、一歩一歩吉野山に山の中へ分け入ると、その白色が周りの桜色に染まって見えるどころか、心の中までが桜色に染まってしまうとうたう。吉野の桜を心象風景の中にまで取り込んでしまう長嘯子ならではの、なんとも幻想的な歌だ。

「桜色に衣が染まる」という表現は、同じ『古今集』の紀友則《とものり》の「*桜色に衣は深く染めて着む花の散りなむ後の形見に」という歌による。桜色に染まった衣を着て、桜が散った後の形見にしようとうたったもの。神退法師の歌も紀友則の歌も桜色に染まるのは衣どまりであるが、長嘯子はそれを、心の奥まで染み入る桜色だ、春の息吹《いぶき》そのままだというふうに展開して見せて新しさをねらった。

長嘯子晩年の七十二歳、寛永《かんえい》十七年（一六四〇）二月二十八日、高野山興山寺第四世住職見樹院立詮《りゅうせん》のもとで歌会があった。この時詠まれたのは「帰雁遙かなり」とこの「深山の桜」の*当座題《とうざだい》二題。「山分け衣」をうたったのは、僧職にあった立詮に対する挨拶であったのだろう。老年を思わせない華やかでありながら染《し》みいるような花の歌である。

師。

*桜色に衣は深く……―同・春上・六六・紀友則。

*当座題―歌会などでその場で出される題のこと。歌会は普通前もって題が知らされ、詠んで歌会に持参するものであった。

08

山田《やまだ》もる秋の鳴子《なるこ》は引き変へて花踏む鳥の枝に懸《か》くなり

【出典】挙白集・春歌・三三四、林葉累塵集・一八五

秋には山の田を守る鳴子板だが、春の今はうって変わって、桜の花を踏み散らしにやって来る鳥を追い払うため枝に懸けているように聞こえるよ。

【詞書】小塩山《をしほやま》にて（挙白集）、田家の春といふことを詠み給へる（林葉累塵集）。

【語釈】○鳴子―田畑にやってくる鳥獣を追い払うために鳴らす仕掛け。短い竹筒を小さな板に掛け連ね、その板を縄で張ったり、竹竿の

長嘯子は晩年、長年棲《す》んだ東山《ひがしやま》から京都の西の小塩山《おしおやま》に移った。年も押し詰まった寛永十七年*（一六四〇）十二月下旬であるとされる。この歌はその翌年の春に詠まれたものであろう。小塩山といえば、近くに「花の寺」として知られる真言宗の勝持寺《しょうじじ》があり、庵の近くにも花が咲いていたと思われる。

それまで山の田を守っていた鳴子は取り替えて、花を踏む鳥を追い払うために木の枝で鳴っているようだとユーモラスに取りなした内容。

「花踏む鳥」という用語には、三条西公条《きんえだ》の「山家の鳥」題の歌「*訪《と》ふ人もあらじとや思ふ山深み花踏みしだく鳥の声々」という先例がある。ここは山が深いので訪れる人がいないと安心しているのか、花を踏みしだく鳥の声ばかりが響くという意味の歌である。

花の名所であっても、深い山奥では鳥が花を愛《め》でるどころか踏み散らしてしまう。そこで長嘯子は、鳴子を木の枝に掛け替えたようだと詠んで、優雅な「山家の鳥」の世界を、鳥を追い払う現実的な対処《たいしょ》に読み変えてしまう。こういうといかにも無風流《ぶふうりゅう》なように聞こえるかもしれないが、「鳴子」は花を守る道具として認めているわけだから、「花踏む鳥」も無粋《ぶすい》のようでいて逆に風情《ふぜい》ある響きのように聞こえるではないか。

五句《ごく》めにある「懸くなり」の「なり」とは、動詞の終止形につく伝聞推定の助動詞で、音や声からそうだと判断することを表わす。ああ鳴子は桜の枝に引き替えられたのだなと気づいたという趣きである。

現実的な鳴子から風流の道具への変化。この変換は、東山から小塩山に居を変えた長嘯子の明るい気持ちをそのまま暗示しているようだ。

先にぶら下げ、遠くから綱を引いて鳴らす。

*寛永十七年十二月下旬―津田修造氏『長嘯子新修』（古典文庫、一九九三年）による。

*訪ふ人もあらじとや……―称名院集・一三五八。三条西公条（一四八七―一五六三）は三条西実隆の息男。父から古今伝授を受けた歌人。

09

花の雲《くも》空もひとつに枝はれて袖にぞ残る雨の名残《なごり》は

【出典】挙白集・春歌・三九七、萍水《ひょうすい》和歌集・一二五

桜の花が一面に咲き連なり、雲のように見えて空も一つに霞んでいたのに、雨が通り過ぎた今は雲が晴れたようにその枝もすっきりと見え、雨の名残がただ私の湿った袖にだけ残っている。

【詞書】雨後ノ落花といふことを。

いつ詠んだのかはっきりしないが、雨のせいで花びらがかなり散ってしまった後の桜の様子をうたったものとしては、かなり珍しい部類に属するだろう。過ぎていった雨の名残《なごり》がまだ袖に残っているという。

満開の桜を白雲に見立てて喩《たと》えることは、『古今集』以来の定番であった。それを「空もひとつに」と表現した歌には、鎌倉時代の定家に「桜花咲きにし日より吉野山空も一つに薫《かを》る白雲」*がある。開花した日から吉野山は空も

*桜花咲きにし日より……―続後撰集・春下・七四・定家。この定家の「空も一つに」

山も一つになって薫る白雲のようだとうたう。

　これに対し長嘯子は、その空と一体になっていた花の白雲が、雨のために花びらが大半落ちて、枝が露《あら》わに見えるようになったという趣向をぶつけ、下句ではさらに雨の名残が袖に残るとひねっている。「花の雲」と「雨」と「袖」を取り合わせた趣向は、あるいは室町時代前期の正徹《しょうてつ》の「*咲く花の雲の衣も袖ほさず朝露かけし夕暮の雨」という歌に倣《なら》ったものかもしれない。「雨中ノ花」を詠んだ歌で、雲のように見える花を「衣」に見立て、夕暮の雨に濡れた桜の花は、朝露をかけた衣をそのまま干さずにいるようなものだというもの。この正徹の「雲の衣」という表現自体も、源俊頼《としより》の「*山の端《は》に雲の衣を脱ぎ捨てて独りも月の立ち昇るかな」という歌に負ったものだった。

　このように前代の歌の表現を借りながら、さらに新しい見立てを添加《てんか》する詠み方は、新古今時代以降目立つようになった。それは伝統的な発想に新しい趣向を加えようとして歌人たちが大いに腐心《ふしん》したことを示している。長嘯子の歌もそういう点では同じであるが、いささか舌足らずで窮屈《きゅうくつ》な感じがしないではない。しかし「枝はれて」の鮮明なイメージが近世的で、下河辺長流の私撰集『萍水和歌集』にも採られ評価されている。

自体は良経の「行く末は空も一つの武蔵野に草の原より出づる月影」（新古今集・秋上・四二二・良経）に学んだものであろう。

*咲く花の雲の衣も……――草根集・一三〇八。

*山の端に雲の衣を……――金葉集・秋・一九四。「雲の衣」という語自体はすでに万葉集に「天の川霧立ちのぼる織女《たなばた》の雲の衣のかへる袖かな」（巻十・二〇六三）などと見える。

10

紫《むらさき》も朱《あけ》も緑も春の色はあるにもあらぬ山桜かな

【出典】挙白集・春歌・二三〇、林葉累塵集・一五三

紫も朱も緑もいっしょくたに見えるこの春の景色は、どれが山桜であるか、見分けがつかない色とりどりの山桜のせいであるよ。

慶長《けいちょう》三年（一五九八）三月十五日、太閤《たいこう》豊臣秀吉は醍醐《だいご》の三宝院で花見の会を催したが、六月には病に臥《が》し、八月十八日に六十三歳で没する。詞書《ことばがき》には、花の歌五十首を求められたので一晩で五十首も作ったとだけあって、その花見のためのものかは不明だが、一夜で五十とは多い。それだけ和歌に打ち込んでいた時のものなのであろう。この時、長嘯子は三十歳だった。

本歌は、＊藤原道長《みちなが》が＊大饗《だいきょう》を行った際の臨時の客を描いた屏風絵《びょうぶえ》に＊藤原輔《すけ》

【詞書】故太閤秀吉公より花歌五十首召しけるとき、一夜に詠み侍りける（挙白集）、花の歌あまたの中に（林葉累塵集）。

【語釈】○あるにもあらぬ―あるかどうかわからないくらい。古くは生きていても生

尹《ただ》が添えた「*紫も朱《あけ》も緑も嬉しきは春の初めに着たるなりけり」という歌。この歌の「紫も朱《あけ》も緑も」は客の衣を指す。公卿《くぎょう》や殿上人《てんじょうびと》の上衣の袍《ほう》の色で、紫は四位《しい》以上、緑は六位の蔵人が着る。摂関期《せっかんき》に紫は黒に変わるなど時代によって異なるが、さまざまの服を着た客人が春の初めに行われた道長の祝賀会に来たことを、「着た」に「来た」を掛けて言祝《ことほ》いだのである。

もしこれが秀吉主催の花見用に作られたものだとすれば、本歌に合わせて、当日参会するであろう花見の客のさまざまな衣裳の色でどれが山桜か紛らわしいと秀吉を讃える歌になるのだろうが、詞書ではっきり書いていない。『林葉累塵集』もあっさり言うように、ここは素直に「花の歌」として見るべきだろう。

山桜は江戸時代後期に拡がったソメイヨシノとは異なり、花の色に濃淡がある上に、花とともに赤茶色や緑色の若葉が出るため、色彩豊かである。遠目にも山がさまざまな色に染め上げられその対比を楽しむことができる。長嘯子は本歌のめでたい衣裳の色を山桜の咲く「春の色」のシーンに読み変えて「あるにもあらぬ」、つまりどれがどれか分からないほど色とりどりの「山桜」の咲く光景よと風流に言いなしたのである。

きてないような。「あるにもあらぬ世の中にまたみ熊野の…」(千載集・雑下・一一六〇・俊頼)などと使われた。

*藤原道長—平安中期の廷臣(九六六—一〇二八)。寛仁元年(一〇一七)に大饗を行った。

*大饗—宮中で行われた饗宴。ここは大臣就任の際の臨時の大饗。

*藤原輔尹—平安中期の廷臣で和漢を兼作した。生没年未詳。

*紫も朱も緑も……—後拾遺集・春上・一六・藤原輔尹。詞書「入道前太政大臣、大饗《おほにへ》し侍りける屏風に臨時客の形《かた》描きたる所を詠める」。

11

吉野山花の盛りに人目《ひとめ》など枯《か》れぬと思へば雪の古里《ふるさと》

【出典】挙白集・春歌・四五〇、萍水和歌集・四九六

吉野山は花の盛り。人の訪れが途絶えたのでどうしたのかと見ると、春であるのに古里吉野の名物である雪が降ってきたからであるよ。

春になって降る雪を詠んだ歌。吉野山といえば誰しも満開の桜を思い浮かべる。花見の客が沢山いるものと思っていたのに、人の姿が見えない。なぜかといえば雪が降っていたからだという趣向である。「桜」に、古来から雪の吉野として知られた名物の「雪」を一挙に取り添えたのである。

長嘯子が西山《にしやま》へ隠栖《いんせい》したとき、雅友《がゆう》であった松永貞徳《ていとく》*は長嘯子を月に喩えて「とにかくに月は憂世《うきよ》に住まじとや山より出でて山に入るらん」*という歌

【詞書】雪をよめる。

【語釈】○人目など枯れぬ―人の視線がなぜ枯れ（離《か》れ）たのか。「山里は冬ぞ寂しさ勝りける人目も草も枯れぬと思へば」（古今集・冬・三一五・源宗于《むねゆき》）による。○雪の古里―吉野は古くは雪

を贈ってその行為を讃えた。その貞徳に、この歌とよく似た「*み吉野や消えあへぬ雪の古里は花の盛りに春ぞ来にける」という歌がある。「立春」をよんだ歌で、雪が深く残る吉野は桜が満開になって初めてやっと春が来たと実感されることだとうたったもの。

　幽斎《ゆうさい》の門人として時にはライバルのようにも見られる長嘯子と貞徳は、このように表現の共通する歌をよく詠んでいる。この歌も「吉野」「雪の古里」「花の盛り」の三語を共有している。同じ歌会に同座して同じ題でよむということもあったのだろうが、しかしその資質はおのずから異なってくる。

　春の花の盛りなのにそれを冷やかすようにあえて降る雪を持ってくる長嘯子と、まだ雪が残る吉野の花盛りにすなおに春の到来を見る貞徳。貞徳の方が分かりやすいと言えるが、分かりやすいだけに、悪くいえばありがちな趣向で、特に新しい視点といえるようなものはない。貞徳がまだオーソドックスな風情を残すのに対して、長嘯子の歌はもっと*貪欲《どんよく》で砕けていて大胆だ。こういう新奇で大胆な詠み方が長嘯子の特徴であった。もっともその新奇さを是《ぜ》とするかどうかは当時から評価が分かれるところであったが。

の名所として知られていた。「古」に「降る」を掛ける。

*松永貞徳―長嘯子と同じく幽斎に学んだ京都の俳人・歌人（一五七一―一六五三）。古典を民衆の間に弘め、貞門俳諧の祖ともなった。家集に「逍遙集」がある。貞徳の門人たちは師を持ちあげるために長嘯子の歌をけなした。

*とにかくに月は憂世に……―逍遙集・春・一二。

*み吉野や消えあへぬ……―逍遙集・雑・二四九八。

*貪欲で砕けていて―この歌に源宗于の歌の「人目も草も枯れぬ」という措辞を取り込んでいる点もそうした性格が出ている。

12

夕立《ゆふだち》の杉の梢《こずゑ》はあらはれて三輪《みわ》の檜原《ひばら》ぞまた曇《くも》り行く

【出典】挙白集・夏歌・五八五、萍水和歌集・二五四

夕立が降って杉の梢はすっかり洗われてその姿をくっきりと現わしたが、三輪の檜原の方はまだ曇っているようだ。

【詞書】夕立。

【語釈】〇三輪―現奈良県桜井市の三輪山の辺り。〇檜原―檜の類が生い茂った原。

夏の午後の暑い盛り、突如として雲が沸《わ》き立って流れて来て、夕立の雨がひとしきり降ってくる。その雨が通り過ぎたあと、木々の梢は洗われたように生き生きとした緑色に輝く。この歌は、上句《かみのく》でその緑をとり戻した杉の梢をよみ、下句《しものく》では、雲が流れて行く先の三輪山の檜原の方に目を転じて、まだ黒く曇っている様子をうたう。長嘯子の歌としては、自然の流れをそのままに詠じた視野の大きな歌である。

三輪山の杉といえば、『古今集』に載る読人知らずの「*わが庵《いほ》は三輪の山もと恋しくはと訪《とぶら》ひ来ませ杉立てる門《かど》」という歌が有名だ。私の住まいは三輪山の麓にあります、恋しいのなら杉が立つ門の家に訪ねてきてくださいという歌。『*古事記』の伝承では三輪山の神が詠んだとされる神詠《しんえい》である。この歌から、三輪というと杉を詠むことが通例になった。

一方この辺りは古くから檜《ひのき》が生い茂っていたことから、三輪山、巻向山《まきむくやま》、初瀬山《はつせやま》一帯の地を「檜原」というようになった。『万葉集』に「柿本人麻呂歌集」の歌として載る「*鳴神《なるかみ》の音のみ聞きし巻向《まきむく》の檜原の山を今日見つるかも」という巻向の歌が、また藤原実方《さねかた》には「*誰《たれ》ぞこの三輪の檜原も知らなくに心の杉の我を訪ぬる」という三輪の檜原を詠んだ歌がある。中世の頃からは「山中の雨」という題でこの檜原の雨を詠むことが増えた。たとえばその一つに「*山風の吹き渡るかと聞くほどに檜原に雨のかかるなりけり」という永福門院《えいふくもんいん》の歌がある。

長嘯子はこうした伝統を踏まえながら、雨に洗われた杉の梢と雲が流れて行く三輪の檜原という遠近が交錯する情景を巧みに織り混ぜて、題「夕立」の動きを一編の動画のように仕立てたのである。

*わが庵は三輪の山もと……—古今集・雑下・九八二。

*古事記の伝承—古事記崇神記に見える三輪神の蛇神と活玉依姫《いくたまよりびめ》の伝承。

*鳴神の音のみ聞きし……—万葉集・巻七・一〇九六。

*誰ぞこの三輪の檜原も……—新古今集・恋一・一〇六二・実方。

*山風の吹き渡るかと……—玉葉集・雑二・二一七三・永福門院。題林愚抄・八四九八にも。

13

誰《た》が宿《やど》ぞ月見ぬ憂《う》さも顕《あら》はれぬ閨《ねや》の戸たたく夜半《よは》の水鶏《くゐな》に

【出典】挙白集・夏歌・六一〇、萍水和歌集・二三〇

どこの家の宿であろうか。月が出ないまま、男を待って一人でいる寂しさとともに、寝屋の戸を叩く真夜中の水鶏のせいで、その辛《つら》さもはっきりしてしまったよ。

【詞書】夏の歌の中に。

【語釈】○水鶏―クイナ科の水鳥。夜、戸を叩くように鳴くので、「くいな」の「く」に「来」を掛け、しばしば人の訪れを告げる鳥としてよくうたわれた。

夏の水鶏《くいな》から恋にイメージを膨らませた歌。水辺の草原に住むクイナの鳴き声は戸を叩くように聞こえるので「たたく」と表現され、そのため歌語《かご》の「水鶏」はしばしば、男が夜、女の家を訪れて戸を叩く音と混同するようにうたわれた。たとえば『拾遺集《しゅういしゅう》』の読人知らずの歌「叩くとて宿の妻戸《つまど》を開けたれば人も梢《こずゑ》の水鶏なりけり」*などがそうである。『源氏物語』澪標《みおつくし》巻に「おしなべて叩く水鶏に驚かば上《うは》の空なる月もこそ

*叩くとて宿の妻戸を……―拾

入れ《い》」という、源氏が久しぶりに訪れた花散里《はなちるさと》に返した戯れ歌がある。いちいち戸を叩く音に目を覚まして戸を開けたなら、浮ついた男などが入って来るといけませんよ、とからかった歌である。

吉田兼好《けんこう》の『徒然草《つれづれぐさ》』に「五月、あやめ葺《ふ》く頃」に「早苗とる頃」に続けて「水鶏の叩くなど心細からぬかな」という一文があるが、長嘯子も夏の歌としてこの水鶏をうたった。深夜に「閨の戸」を叩く水鶏が男の暗喩《あんゆ》だとすれば、「月見ぬ」には男を待っている寂《さび》しい女の姿が髣髴《ほうふつ》とする。水鶏の鳴き声が結局訪れて来ないことを示すとすれば、寂しさ以上の女の「辛さ」がそこに結果される、そんな歌であろう。「誰が宿ぞ」と余所《よそ》のことのように取りなしている点に余韻《よいん》がある。

『挙白集』巻一のこの歌の前には「水鶏」の歌が三首*並んでおり、その後にこの歌がある。長嘯子には鳥や虫を詠んだ叙景的な歌が比較的多いが、この歌は『源氏物語』を読んでいる読者からすれば、「月見ぬ」や「憂さ」といった措辞から、単なる叙景ではない男女の恋といった雰囲気を読んだとしても不思議ではない。おそらく長嘯子はそういう思わせぶりな歌い方をして読者の心を誘っているのであろう。

遺集・恋三・八二二・読人知らず。「梢」に「来ず」を掛ける。

*三首―六〇七「寝《ぬ》ともなくあけぬる夏の天の戸は叩く水鶏によりてなりけり」、六〇八「夏の夜の早く明くるは天の戸を叩く水鶏のあればなりけり」、六〇九「水鶏のみ昔に叩く槙の戸は驚かぬにぞ驚かれぬる」。

14

哀《あは》れにもうち光りゆく蛍《ほたる》かな雨の名残《なごり》の静かなる夜に

【出典】挙白集・夏歌・六一八、林葉累塵集・三一三

しんしんとした哀れな情趣を漂わせてボウッと光りながら闇の方へ飛んでゆく蛍よ、雨が通り過ぎたこの夏の夜の静けさ。

【詞書】ある人の許にて（挙白集）、蛍の歌（林葉累塵集）。

四句めの「雨の名残」という語は、すでに09の歌でも見た。この「蛍」の題でも「雨の名残」の中に蛍を飛ばせている。次項の歌などもそうであるが、長嘯子は案外雨の過ぎた後の時間が好きだったようだ。長嘯子には、思いがけない表現で人を驚かす歌がいくつもあるかと思えば、この歌のように口ずさんだとおりの平穏《へいおん》で静かなたたずまいの歌もかなり多く詠んでいる。「雨の名残」を詠んだ古歌に、藤原清輔《きよすけ》の「*おのづから涼しくもあるか夏《なつ》

*おのづから涼しくもあるか……─新古今集・夏・二六四・

衣《ごろも》日も夕暮の雨の名残に」という印象的な歌がある。「日も夕暮」に「夏衣の紐を結《ゆ》ふ」を掛けた*物名《もののな》風の技巧的な歌で、夕暮の雨の後の涼しさを詠んだもの。体感として誰も感じるその涼しさに、長嘯子は「静かなる夜」を付け加え、さらに「蛍」の光りを取りそろえる。

源重之《しげゆき》の歌に「*音もせで思ひに燃ゆる蛍こそ鳴く虫よりも哀れなりけれ」とあるように、夏の静かな夜、音もなく光り飛ぶ蛍の情趣は、人にひとしおの「哀れ」を感じさせるものだった。と同時に、「思ひに燃ゆる」とあるように、伝統的な和歌の世界では、恋の「思ひ」の「火」に掛けてうたわれてきた。しかしこの長嘯子の歌には恋の面影はない。

この長嘯子の歌のように、蛍の光を自然に近いものとしてそのまま詠んだ歌に、五月雨の夜にひっそりと光る蛍をうたった式子《しょくし》内親王《ないしんのう》の「*春秋《はるあき》の色の外《ほか》なるあはれかな蛍ほのめく五月雨《さみだれ》の宵」という歌がある。蛍の光は、春や秋の哀れとは異なる独特の哀れを誘うものだという。

詞書に「ある人の許《もと》にて」とあるように、これは訪問先で詠まれた歌。一人でいても二人でいてもついじっと見入って沈黙してしまう蛍の光、静かに味わいたい情趣、そんな独特の時間をこの歌はよく捉えている。

清輔。

＊物名風の―物名は一首の歌の中に特定の物の名を隠し入れること。26参照。

＊音もせで思ひに燃ゆる…―後拾遺集・夏・二一六・重之。

＊春秋の色の外なる…―式子内親王集・一二八。

15

久方《ひさかた》の中なる枝や染《そ》めつらん時雨《しぐれ》し後《あと》の月のひとしほ

【出典】挙白集・秋歌・八四五、萍水和歌集・三七五

月の中に生えているという桂《かつら》の木の枝を時雨が黄葉色に染めたのであろうか、時雨が降った後の月の光はいっそう黄色く輝いていることよ。

【詞書】雨後《うご》月。

【語釈】○久方の―日や光、月、雲などにかかる枕詞。○中なる枝―月に生えていると言われる伝説上の桂の木。○ひとしほ―「一入」と書いて、いっそう、より深くという意を表す。

詞書どおり「雨後の月」を詠んだ歌。「久方の」は本来光や雲、月に掛かる枕詞《まくらことば》であるが、定家に「*久方の桂に隠る葵《あふひぐさ》草空の光に幾世《いくよ》なるらん」という歌があるように、「月」を省略し、直接「桂」に掛かる言葉としても使われた。「久方の桂」は「月の桂」と同義であった。

この歌も「久方の中なる枝」で月の桂を表す。その桂の木を時雨が染めたという。桂はもみじするにも黄葉《*こうよう》の方だった。桂の枝の黄葉がいつよりも黄

色で明るく見えるのは、時雨が染めたからであろうかと推量したのである。

この歌は『古今集』に載る壬生忠岑《みぶのただみね》の「*久方の月の桂も秋はなほ黄葉《もみぢ》すればや照り勝るらん」という歌の発想を受けている。『古今集』は単に月光が明るいのは桂が黄葉したためだというが、そのままでは新しい歌にならない。そこで、木々の紅葉は時雨が染めるものという観念を足して、桂の光が一段と輝きを増したのは、通り過ぎていった時雨が桂の木を黄葉させたからだという理由を添えたのである。

この「中なる枝」という表現は余り用例がないが、室町時代の蜷川親元《にながわちかもと》の歌に「*色薄く落ちたる月を今朝《けさ》吹くや中なる枝の木枯しの風」いう例が見える。月の色が薄くなったが、桂の木に木枯しの風が吹いたせいかと、長嘯子とは逆方向から月光が薄くなった情景を詠んだもの。また長嘯子とはライバルでもあった松永貞徳《ていとく》にも、「*久方の中なる枝を折り延《は》へて鳴くかとぞ思ふ鳥の空声《からごえ》」と、長嘯子の歌と二句を同じくする歌がある。長嘯子と貞徳は*よく似た表現をすることで知られているが、互いに切磋琢磨《せっさたくま》していたのであろう。ただしこの歌の場合は長嘯子の方に軍配が上がるようである。

*久方の桂に隠る……―新勅撰集・夏・一四三・定家。

*黄葉の方―万葉集・巻十・二二〇二に「黄葉《もみぢ》する時になるらし月人の楓《かつら》（桂）の枝の色づく見れば」とある。

*久方の月の桂も……―古今集・秋上・一九四・忠岑。

*色薄く落ちたる月を……―蜷川親元詠草・三四〇。親元（一四三三―一四八八）は足利義政の家臣で一休に師事した親当《ちかまさ》（智蘊《ちうん》）の子。

*久方の中なる枝を……―貞徳・逍遙集・二五〇七「梟の讃」。

*よく似た表現をする―11を参照。

16

見るからに野守《のもり》が庵《いほ》ぞ好もしき萩《はぎ》の生垣《いけがき》花もさながら

【出典】挙白集・秋歌・七七九、萍水和歌集・二八一

見るからに野の番人の粗末な小屋が好ましく思われるよ。萩を咲かせた生垣一面に、その萩がたっぷり咲いているのを見るとね。

「野守」は皇室の御領《ごりよう》である禁野《きんや》を管理する番人のこと。額田王《ぬかたのおおきみ》の歌「*茜《あかね》さす紫野《むらさきの》ゆき禁野《しめの》ゆき野守は見ずや君が袖振る」が有名であるが、長嘯子の歌の「野守」は野に住む世捨て人のような人物を言うのであろう。「野守の庵《いお》」と「萩」の取合わせには藤原家隆《いえたか》の歌に先蹤《せんしよう》がある。「*咲き隠す野守が庵の笹の戸も露《あら》わにおける萩の朝露」。野守の家の笹《ささ》の戸が隠しているような萩だが、朝露はひとしなみに置くことだという意味であろう。

【詞書】野萩亭。

【語釈】○野守―禁野の番人。

*茜さす紫野ゆき…―万葉集・巻一・二〇。紫草という禁野の薬草園で大海人皇子に向かって詠んだ歌。

*咲き隠す野守が庵の…―新拾遺集・雑上・一六〇一・

室町時代に入ると多少用例が増え、三条西実隆も「*真萩《まはぎ》咲く野守が庵の程なきにあらぬ露散る軒の下風」と詠んでいる。真萩が咲く野守の家は大した幅もないのに軒の下風はたっぷりと露を散らすよと詠んだもの。萩の花の別称に「野守草」という名もあったようで、江戸時代初期の『藻塩草《もしおぐさ》』という連《れん》歌用語集《が》にそう記されている。「野守」と「萩」は*連歌・俳諧でいう付合《つけあ》い（連想される言葉）であったわけだ。

隠遁《いんとん》生活を送る長嘯子はこの「野守草」に心惹《こころひ》かれるところがあったようだ。しかし隠逸《いんいつ》暮らしの侘《わ》びしさを託すというのではなく、萩が生垣に自然に咲いている風情を愛《め》でている。「見るからに」や「さながら」という表現にも、作意を排して自然を見ようとする彼の意思が働いているように思われる。そういう状態がしみじみと好ましいというのであろう。

江戸時代に入って出版されて人気を博した作品に『徒然草』があるが、その中に、*来栖野《くるすの》という山里に入った時の話がある。山里の閑寂《かんじやく》な住まいを称《たた》えた話である。後で見る33の歌は、長嘯子の住まいを通りすがりの人が見て誉めた歌であるが、長嘯子自身が見たこの一軒の侘び住まいにも、おそらくそうした奥ゆかしい閑雅《かんが》な住まいを思わせるものがあったに違いない。

家隆。

*真萩咲く野守が庵の…―雪玉集・七一〇六。

*連歌・俳諧―連歌とは上句（五・七・五）と下句（七・七）を複数の人数で交互に詠み連ねる形の詩歌。また、連歌より俗な表現を用いたものを俳諧の連歌といい、そこから俳諧という独自の文芸へと江戸時代には発展した。句の連続性が必要なところから付合いが重要であった。

*来栖野という山里に入った時の話―徒然草・第十一段。33でくわしく見る。

17

風吹けば雲《くも》の衣《ころも》の絶《た》え間より糸に解《はつ》るる三日月《みかづき》の影

【出典】挙白集・秋歌・八六九、林葉累塵集・四九一

風が吹くと、厚い雲の衣の隙間から、ほつれた糸の隙間から中が見えるように、そのほつれを通してうっすらと三日月の光が見えるよ。

【詞書】三日月。

【語釈】○解るる―「はつる」は「ほつれる」の古い言い方。○雲の衣―雲を衣に見立てた語。09を参照。中世に流行した。○三日月の影―林葉累塵集では「秋の三日月」。

長嘯子の和歌の修辞《しゅうじ》には人があまり使わない独特な表現が多い。この歌の「糸にはつるる」もその一つ。

壬生忠岑《ただみね》の古歌に「はつるる糸」を詠んだ歌がある。「*藤衣《ふぢごろも》はつるる糸は侘《わ》び人の涙の玉の緒《を》とぞなりける」というもの。一年間の喪が果てて喪服の藤衣の糸がほつれる頃になったが、ほつれた糸はそのまま悲しみに沈む私の涙の玉を結ぶ紐《ひも》となっていたよというような意味。この忠岑の歌を受けて、

『源氏物語』椎本《しいがもと》巻では、父八の宮を亡くした姫君が「はつるる糸は」と呟いて、自分の悲しみを察して下さいと薫《かおる》に訴える場面がある。

ただ、この長嘯子の歌は、忠岑の歌よりも、次の*飛鳥井雅有《あすかいまさあり》の歌を承《う》けたものと見た方が当たっていよう。「*佐保姫《さほひめ》の裁《た》つや霞の薄衣《うすごろも》はつるる糸か峰の青柳」。あの峰の青柳は、春の女神である佐保姫が裁った霞の薄衣の糸がほつれたものであろうかという。春霞の中に見える青柳を、佐保姫の着る衣のほつれに見立てた歌で、この長嘯子の歌によほど近い。

しかし何といってもこの歌は、その青柳の代わりに「三日月の影」を持ってきたところが効いている。風の吹く夜、雲が風に乗って流されていく。その雲のわずかな切れ間から一瞬覗《のぞ》いて見える一筋の月の光、それは三日月の光だという。その幽《かす》かな輝きはまるで雲の衣の綻《ほころ》びから見える糸のほつれのようなもの。流れる雲の動きの中に見える宝石のような光。その幽かな光の糸は、決して満月の光ではありえないだろう。

長嘯子もなかなか繊細な美意識を働かしたものだ。こういうシーンを目敏《めざと》く歌にできるのも長嘯子の才能なのであろう。

*藤衣はつるる糸は…―古今集・哀傷・八四一・忠岑。
*飛鳥井雅有―鎌倉時代の廷臣で歌人（一二四一―一三〇一）。
*佐保姫の裁つや霞の…―隣女集・二六七。

18

寝て明かす宿《やど》には月も夜離《よが》れせよ見ぬものゆゑに惜《を》しき光を

【出典】挙白集・秋歌・九六一、林葉累塵集・五一五

あたら月の晩を寝て過ごすような人の住まいには、月は夜離れしてやったがよい。家の人が見ないのなら、光を射すだけ勿体ないというものだ。

日本人はどれほど月が好きなのだろう。小林秀雄*によれば、月見の風習はどうやら日本人の特有のものらしいのだが、昔から人は月を眺めずに寝るような人は言うに足りないとされてきた。

月の歌は枚挙《まいきよ》にいとまがないが、「かくばかり惜《を》しと思ふ夜を徒《いたづ》らに寝て明かすらむ人さへぞ憂き」*。これは『古今集』に載る凡河内躬恒《おおしこうちのみつね》の歌。こんなに素晴らしい月の夜を無駄に寝て過ごす人までが憎らしくなるという。

【詞書】東山にて月の歌あまた詠み給ひし中に。

【語釈】○夜離れ―男が来ない夜が重なること。

＊小林秀雄によれば―『考えるヒント』（昭和三十九年）所収「お月見」。

＊かくばかり惜しと思ふ夜を

桜とともに月をこよなく愛した平安末期の西行は「引き替へて花みる春は夜はなく月みる秋は昼なからなむ」と手放しで礼讃《らいさん》している。また鎌倉時代の二条為定《ためさだ》は「寝て明かす人やなからん水茎《みづくき》の岡の屋形の秋の月」と詠む。この水茎の岡の月を見たら寝て明かす人なぞはいるまいとまでいう。

美しい月の前では夜を徹してでも眺めていたいというのが、伝統和歌の世界での常識であった。長嘯子ももちろん例外ではない。そして月への愛がこうじて、よせばいいのに他人のことまで口出さずにはいられない。この歌では、明月の夜に寝て過ごすような人の家には月は訪れる必要がないとはっきり断言してやまないのだ。「夜離《よが》れ」とは婿《むこ》取りの通《かよ》い婚の時代、男が夜やって来なくなることを言う。長嘯子は月を男性に見立てて恋の雰囲気をかもし、「夜離れせよ」と通告したのである。言いがかりといってもいい歌だが、「見ぬものゆゑに惜しき」という表現には、月が誰の家でも訪れることに対して多少やっかみめいた口調さえある。

いかに月の素晴らしさをうたうか。伝統の厚みがたっぷりある歌題《かだい》だけに、このように人の意表をつくところが長嘯子の歌のよさであり、新しい時代の歌として地下歌人や俳諧師たちに愛されたのであろう。

……―古今集・秋上・一九〇・躬恒。

＊引き替へて花みる春は……―山家集・七一。互いに取りかえっこして、花を見る春は夜がなく、月を見る秋は昼がなければいい。

＊寝て明かす人やなからん……―題林愚抄・四〇六二。水茎の岡は近江の歌枕とされる。

19

出《い》でぬ間《ま》の心づくしを山の端《は》に取り返すまで澄《す》める月かな

【出典】挙白集・秋歌・九六七、萍水和歌集・三七〇

月が出るまでさんざん気をもんだ心づくしの損《そん》を一気に取り返すほど素晴らしい月が今山の端に掛かった。

引き続いて月を詠んだ歌。月が出るまでは今夜の月はきれいかどうかさんざん気をもむ。ようやく山の端に月が昇った。予想以上に澄んだ月だったので、さっきまでのやきもきした気持ちを取り返した気分だという。

「山の端」は月が最初に顔を見せる場所であり、早く『万葉集』の沙弥満《しゃみまん》誓《ぜい》の譬喩《ひゆ》歌に*「見えずともたれ恋ひざらめ山の端にいざよふ月を外《よそ》にみてしか」という歌が見えている。また月が入るのも山の端だった。こちらは『伊

【詞書】東山にて月の歌あまた詠み給ひし中に。

【語釈】○取り返す―心を尽くした分を取り返すこと。

*見えずともたれ恋ひざらめ……―万葉集・巻三・三九三。山の端に月が掛かってはっ

勢物語』の「*飽《あ》かなくにまだきも月の隠るるか山の端逃げて入れずもあらなん」(業平《なりひら》)、「*おしなべて峰も平らになりななん山の端なくは月も入らじを」(紀有常《ありつね》)が有名。どちらにせよ「山の端」は月には付き物であった。

「心づくし」という語は、『古今集』の「*木《こ》の間より洩《も》り来る月の影みれば心づくしの秋は来にけり」という読人知らずの歌が有名。「心づくし」とは、相手のために労力を尽くすというより、自分の内部で物思いを尽くすことであった。今か今かと月の出を待ちながら、綺麗かどうか心を悩ます。雲がかからないだろうかと心配したりもする。それが「心づくし」だった。それを一挙に「取り返す」というのである。この歌の要《かなめ》は何といってもこの「取り返す」という俗語《ぞくご》めいた言葉にあろう。

『源氏物語』柏木巻《かしわぎ》に、女三《おんなさん》の宮《みや》が出家したとき、源氏が「取り返すものにもがなや」と呟くシーンがある。元の状態を取り戻したく思ってもそれができないというのが普通だった。それを長嘯子は一挙に取り返すとうたう。近世の長嘯子はその点で大胆である。心づくしを「取り返す」とは、伝統的な文学世界から一つも二つも抜きん出た長嘯子らしい表現である。

きり見えなくても誰が恋さないことがあろうか。月は早く出てほしい。外ながらでも見たいものだ。

*飽かなくにまだきも月の…―伊勢物語・第八二段・業平。まだ見足りないのにもう月は隠れるというのか、山の端よ逃げて月を入れずにいてほしい。

*おしなべて峰も平らに…―同・有常。

*木の間より洩り来る月の…―古今集・秋上・一八四・読人知らず。

20

武蔵野や尾花《をばな》を分けて出でぬ間《ま》は袖の中《うち》なる秋の夜の月

【出典】挙白集・秋歌・一〇〇九、林葉累塵集・五三八

武蔵野の高く茂った尾花を分けて進んでいく間は、秋の夜の月は私の袖の中にその面影を棚引かせている影でしかない。いつ野が開けて大きな月を見られるか楽しみだ。

着物の袖には実にいろいろな物が入る。形ある物が入ることはもちろん、形の無い物が入ることもある。『古今集』の陸奥《みちのく》という女房の歌に、女友達と語り合って別れた後に贈った「飽*かざりし袖の中《なか》にや入りにけむわが魂のなき心地する」という歌がある。私の魂はあなたを慕《した》って貴女の袖の中に入ってしまったようですという。袖の中には思い出も入った。三条西実隆の歌に「飽*かず思ふ袖の中《なか》にや玉津島《たまつしま》入江の月の沖つ白波」というのがあるが、

【詞書】野の月。

【語釈】○尾花―ススキ。花《はな》薄《すすき》。武蔵野の野草が人の姿が見えないほど高くいつまでも続いていることは『更級日記』や『とはずがたり』などに見える。

*飽かざりし袖の中にや……

これは、この玉津島の入江《いりえ》の月に照らされた波の光景はいつまで袖の中に残るだろうとうたう。

また実隆には「*異草《ことくさ》やなき心地する花薄《はなすすき》袖の中《うち》なる野べの秋風」と、ほかの草がないような一面の花薄を詠んだ歌がある。これを踏まえて長嘯子は、一面の尾花におおわれた武蔵野の果てしない原野をうたう。行けども行けども、月は尾花のせいでまだ見えてこない。「*武蔵野は月の入るべき峰もなし尾花が末にかかる白雲」という源通方《みちかた》の歌にあるように、武蔵野には尾花が付き物であった。また武蔵野に出る月は、良経《よしつね》が「*行く末は空も一つの武蔵野に草の原より出づる月影」とうたったように、遮るものがなく空に昇る大きな月であった。

長嘯子の袖の中にあるイメージとしての月は、この良経の歌の月ではなかったか。はるばると分け入る武蔵野の月は薄《すすき》が尽きないのでなかなか見えないが、薄原から出たときは大きな月が待っているだろうなと楽しみながら進んでいくのである。月をうたっても、薄《すすき》の原から出ない間は月が見られないという趣向がいかにも長嘯子らしいところ。

古今集・雑下・九九二・陸奥。

*飽かず思ふ袖の中にや……―雪玉集・独吟百首・三六五一。

*異草やなき心地する……―雪玉集・一〇一七。

*武蔵野は月の入るべき……―続古今集・秋上・四二五・通方。

*行く末は空も一つの……―新古今集・秋上・四二二・良経。

21

春の夜のみじかき夢を呼子鳥《よぶこどり》覚《さ》むる枕に打つ衣《ころも》かな

【出典】挙白集・秋歌・一〇九七、萍水和歌集・八三九

春の夜の短い夢を呼び覚ます呼子鳥の声に驚いてふと目をさますと、今は秋だと告げる砧《きぬた》を打つ音が枕もとに響いて来たことよ。

【詞書】擣衣《とうい》夢を驚かす。

【語釈】○呼子鳥—カッコウの別称とされるが、ホトトギスのこととも言われ確証がない。鳴き声が人を呼ぶように聞こえるという。○打つ衣—秋の夜に砧《きぬた》を打つ音。擣衣《とうい》とも言う。布を柔らか

この歌は「擣衣《とうい》」という題からすれば秋の歌であるが、いきなり「春の夜のみじかき夢」とあってびっくりする。春の短夜に見るにふさわしいとろっとした艶美《えんび》な夢をみていたのであろう、呼子鳥が自分を呼んだかと思って目覚めると、春に鳴く呼子鳥の声と思ったのは秋の砧《きぬた》の音であったらしいというのであろう。秋の夜のつかのまの幻想を詠んだ歌としてユニークである。

擣衣《とうい》の歌は平安時代から好んでうたわれてきたテーマで、『百人一首』に

採られた飛鳥井雅経《まさつね》の*「み吉野の山の秋風小夜《さよ》ふけて古里《ふるさと》寒く衣《ころも》打つなり」はしみじみした秋の夜の砧の音をうたって有名になった。また建礼門院右《けんれいもんいんう》京大夫《きょうのだいぶ》に、*「打つ音に寝覚めの袖ぞ濡れまさる衣《ころも》は何の故と知らねど」という歌がある。やはり長嘯子の歌と同様、砧《きぬた》の音で目を覚ますとうたう。また夢から目覚めさせるものに「呼子鳥」をもってきた歌に*「独り寝の枕動かす呼子鳥鐘より先に夢残せとや」という慈円《じえん》の歌もある。普通は暁《あかつき》に鳴らす鐘の音で目覚めるものだが、呼子鳥の鳴き声で目覚めたとうたうのである。

　長嘯子がこれらの歌を範《はん》に取ったことはおそらく間違いないだろう。ただそれだけで済まさないのが長嘯子の長嘯子たるところ。初句に「春の夜のみじかき夢」を持ってきて人の意表を突く。秋の歌の初句に春を持ってきて人を驚かした歌に、『古今集』の*「春霞かすみて去《い》にし雁《かり》がねは今ぞ鳴くなる秋霧の上に」という歌や、花園《はなぞの》の大臣有仁《おとどありひと》に仕えた新参の侍が秋の虫のハタオリを詠めと命ぜられて*「青柳の緑の糸を繰りおきて夏経て秋は機織《はたおり》ぞ鳴く」と詠んだという説話もある。長嘯子がこれらを意識していたかどうかはわからないが、同じ発想に出ていることは確かである。

くしたり艶《つや》を出すために木や石の砧と言われる台に乗せて打つこと。

＊み吉野の山の秋風……――新古今集・秋下・四八三・雅経。

＊打つ音に寝覚めの袖ぞ……――建礼門院右京大夫集・二五。

＊独り寝の枕動かす……――拾玉集・四二二六。

＊春霞かすみて去にし……――古今集・秋上・二一〇・読人知らず。伝承によって作者が壬生忠岑《ただみね》とも紀友則とも紀貫之ともされる。

＊青柳の緑の糸を……――古今著聞集・和歌・四九。袋草紙・西行上人談抄・十訓抄にも。

22

西の海指《さ》してそなたと行く秋は今日《けふ》や木《こ》の葉の舟出《だ》しぬらん

【出典】挙白集・秋歌・一一三六、林葉累塵集・六〇一

西方の海の方角を目指し、そちらへと向かって行く秋は、今日というこの日、木の葉の船を出して西へ去ったことだろう。

【詞書】秋の歌の中に。

【語釈】○そなた―そちら。相手側に近い方向や話題に上った方向を指す。

『林葉累塵集』の詞書は「暮秋《ぼしゅう》の心を」。秋が去り冬を迎える頃の季節の移り変わりを詠んだ歌だ。秋が今日西へ向かって旅立つというから、秋の最後の日をうたったものであろう。

「西」といえば通常は西方《さいほう》極楽浄土をいうのが普通だが、この場合は西へ行くのは「秋」という季節自身だから、いわゆる中国の五行説《ごぎょうせつ》がいうところの西の方角を指す。春は東、夏は南、秋は西、冬は北の「西」である。

順徳院《じゅんとくいん》に、この長嘯子の歌と同じ「西の海」「そなた」「秋」の三語を詠み込んだ「夏山や松浦《まつら》が沖の西の海そなたの風に秋は見えつつ」*という歌がある。こちらは夏の終わりの歌で、肥前松浦半島の沖の西の海から吹いてくる風に秋の気配を感じとった歌だ。夏の終わりを詠んだ一首である。

また藤原知家《ともいえ》も「そなたにも誓ひ違《たが》へず西の海東風《こち》吹き渡る風を待つらん」*と似たような歌を残している。ちょっとややこしい歌だが、西の海は、春の東風《ひがしかぜ》の「こち」が秋になって自然の法則どおりそちらへ向かって吹くのを待っている、というのだろう。

こうした過去の先例に倣《なら》って、長嘯子は「いよいよ秋の終わる今日、秋は木の葉に舟に乗って去ってしまったらしい」とうたう。「木の葉」を「舟」に見立てる歌はすでに*『古今集』にあるが、秋が「木の葉の舟」を出すなどとまとめるのはいかにもに長嘯子らしい。かわいらしくもあり洒落た歌だ。

この「木の葉の舟」という語は俳諧の世界で好まれたようで、元禄《げんろく》年間に刊行された『俳諧をだまき』*の四季の詞の十月の項に、「落葉、木の葉の雨、木の葉衣、木の葉の舟、朽葉《くちば》」と見えている。長嘯子はやはり俳人好みの言葉を用いる人といえる。

*夏山や松浦が沖の……─夫木和歌抄・夏部・三七五一。順徳院（一一九七─一二四二）は鎌倉時代第八四代天皇。

*そなたにも誓ひ違《たが》へず……─新撰和歌六帖・一〇八八。知家は鎌倉時代の歌人（一一八二─一二五八）。

*すでに古今集にある─「白波に秋の木の葉浮かべるを天《あま》の流せる舟かとぞ見る」（古今集・秋下・三〇一・藤原興風）。

*俳諧をだまき─元禄四年（一六九一）刊の俳諧歳時記。

23

木《こ》の葉散り月もあらはに洩《も》る山は残る下草《したくさ》数も見えけり

【出典】挙白集・冬歌・一二〇二、林葉累塵集・一三六九

木々の木の葉が散って月の光がはっきりと地上にまで洩れ落ちてくる山では、枯れ残った下草も数がかぞえられるほどだ。

【詞書】冬の月。

ここから冬の歌に入る。秋は去り、冬がやってきた。月を遮《さえぎ》る木々の葉も散り、今では月光がはっきりと地上まで差し込んできて、木の下に枯れ残っている下草の数までが見えるようだとうたう。ひんやりした静かな山奥の光景がそのまま浮かんでくるような歌である。

この歌の見所は、梢の月光から森の下の下草へと視点が細かに移動している点であろう。冬になって山全体がまばらに見える。少し上を見やると、枝

ばかりになった木。月光が枝の間からそのまま洩《も》れてくる。その光に森の下草が照らされて浮かぶ。下草は文字通り木々の下に生い茂ってもなかなか目立たない存在である。『古今集』の「*大荒木《おほあらき》の杜《もり》の下草生《お》ひぬれば駒《こま》もすさめず刈る人もなし」という読人知らずの歌はそんな繁茂《はんも》する下草をうたったもの。ちなみに大荒木の森はその名のとおり木々も深くて、俊成は木々の梢が月光を洩らさないことを「*大荒木の杜の木の間を洩りかねて人頼めなる秋の夜の月」という歌に詠んでいるが、木の葉が散ったおかげでそれが今ははっきり見えるようになったのである。

森の下草をうたった歌に、院政期《いんせいき》の歌人藤原顕仲《あきなか》が詠んだ「*大荒木の杜の紅葉ば散り果てて下草枯るる冬は来にけり」という印象的な歌がある。右の『古今集』の歌を受けた歌で、冬になるとあれほど生い茂っていた下草が枯れてしまったという。また鎌倉時代の藤原公雄《きんお》は「*木の葉散る岩瀬の杜はいつの間に下草かけて霜の置くらん」と詠むなど、葉の落ちた後の森の下草をうたった作は多い。

春に萌え、夏に茂り、秋にそこで虫が鳴き、冬には枯れる。生命力が強い下草は四季それぞれの折にその違った姿を人々の前に見せてくれるのだ。

*大荒木の杜の下草……―古今集・雑上・八九二・読人知らず。

*大荒木の杜の木の間を……―新古今集・秋上・三七五・俊成。

*大荒木の杜の紅葉ば……―題林愚抄・冬上・四八九〇・顕仲。

*木の葉散る岩瀬の杜は……―題林愚抄・冬上・五一八五・公雄。

24

神《かみ》無《な》月《づき》降るは時《し》雨《ぐれ》の定めなく定めありても冬は来にけり

【出典】挙白集・冬歌・一一四〇、林葉累塵集・六〇六

神無月に降る時雨、時雨は降ったり止んだりして定めがない。しかし定めがあるからこそ時雨の冬が今年もやってきたとも言えるのだ。

【詞書】初冬。

【語釈】○神無月―陰暦の十月。全国の神が出雲に帰るという言い伝えからこの字を当てるようになった。○時雨―晩秋から初冬に掛けて降る雨、降ったからと思うとすぐ止んで通り過ぎる。

初冬《しょとう》の時雨をテーマにした歌。『後撰集《ごせんしゅう》』に「*神無月降りみ降らずみ定めなき時雨ぞ冬の始めなりける」という読人知らずの詠があるが、時雨の特質をよく捉えた歌である。晩秋から初冬にかけて降る雨だから、晩秋の時雨を詠むこともある。実際、長嘯子にも「*紅葉《もみぢ》かは染めなす菊の色々も時雨の糸の織る錦《にしき》かな」とよんだ例がある。時雨が木々の葉を紅葉にするという通念に合わせて詠んだ歌だ。しかしここは冬の風物。

神無月は旧暦の十月のこと、今では大体十一月に当たり、秋雨前線《あきさめ》の影響で、小雨《こさめ》が降ったり降らなかったりする不定期の季節である。その時雨の特徴を捉えて「時雨の定めなく」と詠んだ。これは誰でも知っていることだかららいい。しかしすぐ後で「定めありて」と、まるで語義矛盾のようなことを平気で言う。一瞬読者をとまどわせるが、この「無し有り」の並列《へいれつ》にこそ、この歌の眼目《がんもく》があった。

長嘯子の歌の特長の一つに、*対語《たいご》表現というものがある。言葉遊びのようにわざと反対語を並べるのである。「定めなく」に続けてすぐ「定めありて」というのがそれである。「定めありても」の「も」は感動の強調。下の「冬は来る」に掛かるから、冬が来るのは自然の定めであって必ず来るというのである。神無月になると降る時雨、その時雨が冬が来たことをこうして気づかせてくれる。長嘯子は、そうした季節の移り変わりの妙を「定めなく定めありても」という語義矛盾的な措辞の中に込めてうたったのである。そしておそらくこの対比は、定めなく降る時雨の浮動性と、定めがある季節の法則の不変性というものも巧《たく》まずに演出しているのであろう。

＊神無月降りみ降らずみ……――後撰集・冬・四四五・読人知らず。
＊紅葉かは染めなす菊の……――挙白集・秋・一一〇四。
＊対語表現――10・32・47・50の歌などにも見える。

25

散り積《つ》もる庭の枯葉《かれは》のそよそよとまだ降り染《し》めぬ村時雨《むらしぐれ》かな

【出典】挙白集・冬歌・一一五六、林葉累塵集・六一四

厚く散り積もった庭の枯葉であるのに、そよそよと風に動いている。今、村時雨が通り過ぎていったが、その雨が霧のように細かいので、葉に深く染みこんでいないのであろう。

【詞書】時雨。

【語釈】○村時雨—叢時雨とも書き、霧のように流れる時雨をいう。○染めぬ—奥までしっとりと濡れていない。

「そよそよと」という擬声語《ぎせいご》は柔らかな春風や、夕暮の風が静かに吹く様《さま》などによく使う表現である。それを落ち積もった枯葉の形容に使うのは少々場違いな感じがする。しかし古歌《こか》の中には枯葉を「そよそよと」と表現する例があった。

「風吹けば楢《なら》の裏葉《うらば》のそよそよと言ひ合はせつつ何処《いづち》なるらん」——これは惟宗隆頼《これむねのたかより》が「落葉声あり」という題で詠んだ歌で、風が吹くと、庭に落

*風吹けば楢の裏葉の…—詞花集・冬・一四六・隆頼。惟宗隆頼は平安時代後期の

ちた楢の大きめの落葉が一斉《いっせい》に「そよそよ」と揃えたような音を立てて動いていく様を捉えたもの。

また源顕仲《あきなか》にも「＊朝まだき楢の枯葉をそよそよと外《と》山《やま》に出でて猿《ましら》啼くなり」という猿を詠んだ珍しい歌がある。朝早く楢の葉をそよそよと揺るがせながら猿の群が麓《ふもと》近い外山の方まで出て来て啼いているというのだろう。

こうした枯葉を「そよそよと」とうたう例に長嘯子も挑戦する。庭の方からそよそよという幽かな音が聞こえてくる。何だろうと思って見ると、庭に散り積もった枯葉が皆、風に誘われて一つの方向へと動いているのである。枯葉がまだこんなに軽いのは、通り過ぎる村時雨の粒が霧のように細かいので、表面を濡らした程度で済んでいるから動けるのだと気づいたという趣きである。つまり「まだ降り染めぬ」という用語にこの歌の趣向のすべてがある。

この歌の構成は、上句で「そよそよ」と音がする不思議を示し、下句でその答えの「まだ降り染めぬ」を明かすという作りである。そのことも巧妙だが、隠栖して、庵の周囲に展開する四季折々の自然の景色を眺めて来た長嘯子ならではの微妙な観察が生かされた歌といってよいだろう。

歌人。

＊朝まだき楢の枯葉を……題林愚抄・雑部・九二九六・顕仲。源顕仲は平安時代後期の廷臣で歌人（一〇六四—一一三八）。

26

水の秋も冬籠《ふゆご》もりして山川《やまがは》の氷《こほり》の底に澱《よど》む紅葉ば

【出典】挙白集・冬歌・一二〇〇、林葉累塵集・六五〇

水の秋もようやく冬籠もりして、この山川《やまがわ》の氷の底には紅葉の葉が澱んで沈んでいることよ。

【詞書】冬の歌の中に。

【語釈】○山川―山の中を流れる川。

＊紅葉ばの流れざりせば……―古今集・秋下・三〇二・是則。

初句《しょく》にくる「水の秋」とは何なのだろう、聞き慣れない言葉である。『古今集』の坂上是則《さかのうえのこれのり》の歌に「紅葉ばの流れざりせば竜田川《たつたがは》水の秋をば誰《たれ》か知らまし」という歌がある。紅葉が流れて来なかったら竜田川に秋が来たことを誰が知ろうと言うのだが、詞書に「竜田川《たつたがは》の辺《ほと》りにて詠める」とあるから、この「水の秋」というのは、竜田川の水に秋が来たことを観念化《かんねんか》して言ったものだということが分かる。「秋の水」と言えば多少分かりやすく

なるが、それを「水の秋」と抽象化して言ったのである。

この「水の秋」と同じ言い方に「水の春」というものもあった。同じ『古今集』に見える伊勢《いせ》の歌で、「波の花沖から咲きて散り来《く》めり水の春とは風やなるらむ」という歌。「沖から咲き」の「から咲き」に「唐崎」の地名を詠み込んだ物名《*もののな》の歌である。沖《おき》から寄せてくる波は花のようだ、花が沖から咲いてくるようでもある。すると春を知らせるのは水に花を咲かせる風の役割なのかと洒落《しゃれ》ている。こうした例からすると、「水の秋」とは秋の到来を気づかせる水という意になる。前後の状況を省いていきなり「水の秋」と言うからびっくりする。

さらにこの歌は題からして冬の歌でなければならない。冬だと分かるのは、秋に流れて来て水の秋を知らせてくれた紅葉が、今は氷を張った水の底に溜まっているからである。そこで長嘯子は、してみると紅葉は冬に入って氷の下で冬眠に入っているのだろうと洒落たのである。秋から冬への変化を「水の秋」が「冬籠もり」するという斬新《ざんしん》な表現で詠み込んだ一首といってよいであろう。

*波の花沖から咲きて……古今集・物名・四五九・伊勢。

*物名―「ぶつみょう」とも言う。一首の中に歌の内容と関係なく発音が同じ別の語を織り込むこと。

27

峰白《みねしら》む雪の光に起き出でて後《のち》はるかなる鳥の初声《はつごゑ》

【出典】挙白集・冬歌・一二七三、林葉累塵集・七一〇

峰を白々と浮かび上がらせた雪の光に夜が明けたと思って起き出したが、その後しばらくたって夜明けを告げる鶏《にわとり》の声が遠くから聞こえてきたよ。

雪明かりは暗闇の中でも案外明るいものだ。鎌倉時代後期の二条為世《ためよ》の歌に「*空はなほまだ夜《よる》深く降り積もる雪の光に白《しら》む山の端《は》」という歌がある。あたりはまだ暗いのに、降り積もった雪の光を浴びて山の稜線《りようせん》が白々と浮かぶという、長嘯子の右の歌の一、二句を解説したような歌だ。

この歌の中心は、三句め以下の「起き出でて後《のち》はるかなる鳥の初声《はつごゑ》」という部分にある。結句の「鳥の初声」とは、夜明けを知らせる鶏の第一声。白

【詞書】中院《なかのゐん》権中納言通勝《みちかつ》卿、玄旨法印《げんしほういん》(細川幽斎)など詣で給ひし時、同じ心(暁に山の雪を望む)を詠み侍りし。

*空はなほまだ夜《よる》深く……—題林愚抄・冬下・五八六五・民部卿為世。

くなった山の光を見て朝が来たと思って起き出したところ、朝を告げる鶏の鳴き声がその後に聞こえてきたので、朝の陽光だと思ったのは雪の光に欺《あざむ》かれたのだなと気づいたというのである。光による錯覚《さっかく》と鳥の鳴き声という聴覚と視覚のズレをうたったきわめてユニークで斬新な一首といえようか。

長嘯子には「鳥の初声」をうたった歌がもう一首見える。

*はるばると野原の月に送るなり出でにし里の鳥の初声

「鶏声茅店《けいせいぼうてん》の月」という詩題を詠んだ歌で、朝目覚めて宿を出て野原の月をみていると、里の鶏の初声がはるか後ろから私の許に送られてきたというような意味。右の題は、室町時代より流行した『*三体詩《さんたいし》』に載っている*温庭筠《おんていいん》の詩「商山早行」の中の「鶏声茅店《けいせいぼうてん》の月。人跡板橋《ばんきょう》の霜」という詩句に拠ったもの。まだ夜が明けないうちに鶏の声に目覚め、月の下に茅葺《かやぶ》きの宿を出て見ると人の足跡がすでに板橋の霜の上に残されていたという詩である。

掲出した視覚と聴覚の時間差をうたった長嘯子の歌も、やはりこの温庭筠の詩にヒントを得て作られたのではあるまいか。詩では鶏声が先にあるものの、橋に残されていた人跡と鶏声とがやはり時間差の中でうたわれているからである。

*はるばると野原の月に……—挙白集・秋歌・一〇五五。

*三体詩—中国、唐代の詩選集。南宋《なんそう》の周弼《しゅうひつ》の編。室町時代に五山の禅僧に愛読され、江戸時代に流布した。

*温庭筠—中国、晩唐の詩人(八一二頃—八七〇)。

28

はかなくてあはれ今年《ことし》もかき暮れて雪さへ身さへ涙さへ降る

【出典】挙白集・冬歌・一三〇五、林葉累塵集・七四七

はかなくもああ、今年も心が暗いまま年が暮れていく。そのような私の上に雪が降り、身も古くなり、さらに涙さえ降るように流れてやまない。

【詞書】歳暮。

【語釈】○降る―上の「身さへふる」の場合は「古る」との掛詞。いずれも「フル」ものでつなげた。

＊重盈して―「盈」は、満ちて一杯になること。

年末の身のおき所なく沈む心を「雪さへ身さへ涙さへ降る」とストレートにさらけ出した歌である。この下句の連なりには緊迫《きんぱく》したリズムがある。現代の詩ならばこうした繰り返しも許されるだろうが、江戸初期という時代にあってはまだ異様《いよう》といっていい歌だ。

実際この歌の措辞《そじ》を『難挙白集』は「雪、身、涙、重盈《ちようえい》して、『て』文字も重なりたり。聞き苦しくや」と貶《けな》した。雪・身・涙を同じ「さへ」で繋《つな》

ぎ、しかも上句で「はかなくて」「かき暮れて」と「て」を連続させた点を厳しく非難した。しかし考えてみれば、この歌の見所はまさにその緊迫したリズムの新しさにこそあるだろう。

平安後期の藤原顕輔《あきすけ》の「歳暮の心」と題した歌に「はかなくて暮れぬる年を数《かぞ》ふればわが身も末《すゑ》になりにけるかな」*という作がある。人間誰しも年暮になると、過去を振り返って気持ちが沈むことがあるはずだ。

また鎌倉時代の宗尊《むねたか》親王に、親しかった北条重時《しげとき》の死を追悼《ついとう》した「思ひ出づる今日しも空のかき暮れてさこそ涙の雨と降るらめ」*という「かき暮れて」を使った歌がある。空が暗くなる意と心が暗くなる意を掛けた常套的《じょうとうてき》表現であるが、長嘯子はさらにこれに年暮の「暮れ」を大胆に掛けた。

すでに何度か述べたが、伝統的な表現にあまり拘泥《こうでい》せずに自由に言葉を組み合わせるというところに長嘯子の歌の特徴があった。口ずさむと大げさに聞こえるような当時の歌謡を思わせる口調の歌である。伝統からの逸脱《いつだつ》として否定するか、率直な思いの吐露《とろ》としてその自由を認めるかで評価が分かれるところであるが、ただこうした歌をみると、長嘯子の歌が新しい時代の方へ向かって一歩進み出していることは確かなようだ。

*はかなくて暮れぬる年を…
―玉葉集・冬・一〇二六・顕輔。

*思ひ出づる今日しも空の…
―続古今集・哀傷・一四七七・宗尊親王。

29

葉を茂《しげ》みつれなく立てるうつほ木《ぎ》の中は砕《くだ》けて物をこそ思へ

【出典】挙白集・恋歌・一三五六、林葉累塵集・八一七

葉が茂っているので、空洞と気づかれずに立っているうつほ木のように、私の心の中は恋の思いにさんざんに砕けてこんなにも乱れております。

恋の歌である。平安時代後期あたりから題詠《だいえい》が風靡《ふうび》して、実生活の中で男性が女性に恋の歌を贈るようなことはめったに無くなった。『挙白集《きょはくしゅう》』の恋歌もほとんどが歌会で詠まれた題詠である。与えられた歌題に対してどのように言葉を操って新味《しんみ》を出すか、そこが歌人たちの腕の見せ所であった。しかし案外そこに恋なら恋の本質が現れたりするものだ。

この歌の題は「木に寄する恋」。木もさまざまあろうに、わざわざ「うつ

【詞書】木に寄する恋。

【語釈】○葉を茂み―葉が生い茂っているので。「み」は原因や理由を表す接尾辞。○うつほ木―中が空洞の木。「空木」とも当てる。

ほ木」を持ってきたところに長嘯子の狙い目がある。平安時代の『*宇津保物語《うつほものがたり》』では俊蔭《としかげ》母子が木の洞《ほら》の中に住み、室町時代の謡曲《ようきょく》『*西行桜《さいぎょうざくら》』では、西行の前に「朽ちたる花の空木《うつほぎ》より白髪の老人が現れて」西行に語り掛ける。

古い生命力を持つ木の洞にはさまざまな物が潜《ひそ》むらしい。和歌の世界ではたとえば「*いかにせん尾上《をのへ》に立てるうつほ木のあな恋しとも言はぬ思ひを」と藤原光俊《みつとし》がうたっているように、人知れず、ああ恋しいという秘めた思いが潜む。洞の中に潜むのは決して外へ漏れてはならないという秘めた情熱の暗喩《あんゆ》でもあるのだ。

この長嘯子の歌も、光俊の歌のように洞木の潜む恋の思いを詠んだものだが、さらに恋の歌の*定番的な譬喩《ひゆ》である「砕けて物を思ふ」という表現を加えて激しさを強調したのである。特に『百人一首』に採られて有名な源重之《しげゆき》の「*風をいたみ岩打つ波のおのれのみ砕けて物を思ふ頃かな」と、「〜を〜み」という初句と「砕けて物をこそ思へ」という語句が共通しているから、重之の歌を意識して詠んだ長嘯子なりのパロディとして読むことができる。政略結婚は戦国武将の常であるが、案外「秘めた恋」が長嘯子にもあったのかもしれない。ただ、いささか奇をてらったという観がないではない。

*宇津保物語―木のうつほで育った俊蔭が琴の秘伝を伝えるという筋を中心にした長編伝奇物語。

*西行桜―世阿弥作。京都東山に住む西行の前に老木の桜の精が現れて問答をする。

*いかにせん尾上に立てる…―夫木和歌抄・一三六七二・うつほ木。藤原光俊は鎌倉時代の廷臣、歌人（一二〇三―一二七六）。

*定番的な譬喩―「沫雪のたまればか手に砕けつつわが物思ひの繁き頃かな」（古今集・恋一・五五〇・読人知らず）、「かの岡に萩刈る男《をのこ》縄をなみ練《ね》るや練麻《ねりそ》の砕けてぞ思ふ」（拾遺集・恋三・八一三・躬恒）など。

*風をいたみ岩打つ波の…―詞花集・恋上・二一一・重之。

30

おのれのみ富士の妬《ねた》くや思ふらん雪の麓《ふもと》にかかる白雲

【出典】挙白集・初めて東に行きける道の記・一八九六、林葉累塵集・一二九五

私だけを富士山は嫉妬深くねたんでいるのだろうか。初めて見るというのに、雪が積もった麓の原には雲が厚くかかって頂上の煙も見せてくれない。

【詞書】東に下り給ふとて富士の山を見て詠み給へりける（林葉累塵集）。

長嘯子は秀吉とは木下の姓によって姻戚関係にあった。秀吉の妻北政所《きたのまんどころ》ねね（高台院《こうだいいん》）は、長嘯子の養父の木下家定《いえさだ》の妹に当たる。慶長十四年（一六〇九）、叔母の高台院は亡くなった家定の領地を甥の長嘯子に与えた。その御《お》礼言上《れいごんじょう》のため、家康のいる駿河と将軍秀忠《ひでただ》のいる江戸へ向かい、その紀行文を「初めて東に行きける道の記」に残した。鈴鹿山《すずかやま》、伊勢、桑名《くわな》と初夏の風景を楽しみながら下り、桑名から熱田へは船で渡る。暗くなって風雨に襲

われ、熱田《あつた》がどこか船頭にも分からなくなった。やがて浜名《はまな》の橋を経て、宇津《うつ》の山から徒歩で進んだ。『伊勢物語』の業平東下《あずまくだ》りの旅を思い出しながら進み、駿河でこの歌を詠んだ。

長嘯子が富士の麓に到ったのは旧暦の四月、麓にはまだ雪が降り残っており、山頂から山麓にかけてすっかり雲で隠されていた。楽しみにしていた富士の頂きは見えないし、ひょっとしたらと思っていた富士の煙を眺める楽しみもない。そのがっかりした気持ちを、富士が自分を妬んで自分にわざと見せないようにしているのではないかと疑ったのである。

これはいかにも長嘯子らしい外し方であろう。富士が隠されて見えなかったことをそのまま詠んでもいいが、それでは芸がない。そこで富士を擬人化《ぎじんか》して、私に意地悪をして雲で隠したのだろうと俳諧めかしたのである。

江戸に入って隅田川を見物し、五月には帰途へつく。平穏無事に京へ着くが、九月になって事態は急変した。高台院が家定の旧領二万石をそっくり長嘯子に与え、弟の利房《としふさ》に分割しなかったことを怒った家康は長嘯子の所領を没収してしまう。高台院は摂津《せっつ》平野荘の年貢《ねんぐ》二百石を与えることにしたが、優雅な隠遁生活というには厳しい長嘯子の生活がこうして始まった。


【補注】現代の気象学では富士山の山頂は一年の大半が雲で隠されるという。長嘯子が晴れた山頂を見られなかったのも仕方がなかったのだろう。

31

いつ消えておのが春をも待ちえまし富士の高嶺《たかね》の雪の下草

【出典】挙白集・東の道の記・一九三四、林葉累塵集・一二九六

富士の高嶺あたりの雪に埋もれた下草はかわいそうだ。一体いつになったら雪が消えて、待ち望んでいた自分の春を手にすることができるのだろうか。

【詞書】東に下り給ふとて富士の山を見て詠み給へりける（林葉累塵集）。

前項と同じく、京と江戸との往還《おうかん》の途次《とじ》で詠まれた歌。歌意《かい》は極めて分かりやすい。歌意は、富士山の山腹に積もる雪を見てその下に埋もれた草はいつ春を迎えるのだろうと、その心を思いやって詠んだもの。

慶長八年（一六〇三）に江戸に幕府が開設して以来、武将や公家《くげ》を始め、人々が盛んに京と江戸の間を行き来するようになった。それまでも『万葉集』の山部赤人《やまべのあかひと》の歌や『竹取物語』以下、富士山の歌は多く詠まれてきたが、能因《のういん》

や西行、阿仏尼《あぶつに》など東海道を旅した一部の歌人を除けば、実際に見たことがなくても東国《とうごく》の歌枕《うたまくら》ということや『伊勢物語』の業平の東下《あずまくだ》りの段などを参考に詠むことができた。江戸時代になって東海道の整備が進むと、物語や古歌で読んだ土地を実景に重ねて楽しむことができるようになる。

この歌もそういう歌の一つである。もっとも初句の「いつ消えて」という用語には、「*吉野山峯の白雪いつ消えて今朝は霞の立ち変はるらん」という『拾遺集』の源重之《しげゆき》の歌などに先例があるし、二句の「おのが春」にも『*新《しん》勅撰集《ちょくせんしゅう》』に先例がある。また「雪の下草」も「*み吉野は春の景色に霞めども結びほれたる雪の下草」「*春日野の雪の下草人知れず飛ぶ火ありやと我ぞ待ちつる」など、雪の深い吉野や春日野の情景としてうたわれてきた。いずれも雪の下の草が春になってもなかなか伸びてこないことを思いやって詠んだものである。

長嘯子の歌も基本的にはこうした伝統によっているのだが、山頂近い富士山の下草を詠むなどという発想はこれまでには類例《るいれい》がない。これもやはり実際に富士の雪を見た者でなければなかなか思いつかなかった発想であろう。伝統に拘泥《こうでい》しない長嘯子らしい自由な発想を窺《うかが》わせる一首である。

*吉野山峯の白雪……拾遺集・春・四・重之。

*新勅撰集に先例がある——「今日よりやおのが春べと白雪の旧《ふ》る年かけて咲ける梅が枝」（新勅撰集・雑・一一一八・法印覚寛）。

*み吉野は春の景色に……後拾遺集・春上・一〇・紫式部。

*春日野の雪の下草……玉葉集・恋二・一四二五・徽子女王。「飛ぶ火」は「飛火野」と言われた春日野の地名に「問ふ日」を掛けたもの。

32

山里《やまざと》に住まぬかぎりは住む人の何事《なにごと》といひし何事ぞこれ

【出典】挙白集・雑歌・一四四二、林葉累塵集・一一九五

こうした山里に実際に住んでみないかぎり、かつて山に住んで心を澄ませた先人が何事か言ったその何事の何かは分からなかっただろう。私もようやくその人の言ったことがこれだと腑《ふ》に落ちた感じがする。

言葉遊びのような、あるいは禅問答《ぜんもんどう》のような歌である。「何事」の二回の繰り返しや、「住まぬ」と「住む」の*対語《たいご》の並列など、長嘯子らしい言い回しが横溢《おういつ》した歌だ。一度読んだだけでは意味が捉《とら》えにくい。

西行がうたった歌の中に、「山深くさこそ心は通ふとも住までもあはれを知らんものかは」「山陰に住まぬ心はいかなれや惜しまれて入る月もある世に」がある。山に住み心が澄まされて初めて山に住む深い情趣が分かると詠んだ

【詞書】山家知気味。

*対語の並列など―10・24・47・50などを参照。

*山深くさこそ心は……―新古今集・雑中・一六三二・西行。

*山陰に住まぬ心は……―同・

もの。またこうした山住まいのあはれを否定するような、すべてを捨てて山に入った自分に花が無意味に匂い輝いているようとうたう慈円の「*何事も思ひ捨てたる山里にあはれ由《よし》なく匂ふ花かな」というような歌もある。「由なく」と突き放しているものの、実は慈円は花の情趣をより深く感じているのであろう。山に入った人はこういったことを何かにつけ考えているからだろうか、宗良《むねよし》親王にも「住む」「澄む」を巡る謎解きのような「*住めばこそ澄むとも思へ山里に澄まぬ心や住み憂かるらん」という歌がある。

長嘯子は、先人が山中の気味《きみ》について語ってきたこうした文言のすべてを引っくるめ、あれやこれやと言うのと同じ意味で「何事といひし」と言ったのであろう。そして最後にその「何事」とは「これ」だと言っているのだから、彼もまた、具体的なことを何もいわないまま、山家生活を経験して今初めてその深い情趣が分かったと言っているのである。

この歌に見える繰り返しや対語という用法は、能《のう》や歌謡からの影響もあったと思われるが、それ以前にこうした伝統的な和歌に対する充分な知識があってのことと理解しておく必要がある。だからこそ長嘯子は、そこから先に一歩進んで自由にこれを脚色することを可能にしたのである。

雑中・一六三三・西行。

*何事も思ひ捨てたる…―拾玉集・三一六。慈円は鎌倉時代前期の僧、歌人（一一五五―一二二五）。

*住めばこそ澄むとも思へ…―李花和歌集・雑・六六八。住めばこそ心も澄むのであって、せっかく山里に入っても心が澄まなければ山里に住むこと自体が辛く感じるであろうというような意味。宗良親王は後醍醐天皇の皇子。南朝の武将として諸国に転戦したことで有名。家集に「李花《りか》集」がある。なお古くは「むねなが」と読んだが、最近は「むねよし」とされる。

33

あはれ知るわが身ならねど山里《やまざと》に住めば心のありげなるかな

【出典】挙白集・雑歌・一四四五、林葉累塵集・一一九六

物の哀れを心得ているわが身ではないけれど、こうして山里に住んでいるので、多少なりと情趣を解する心がありそうだと見えるのだろうよ。

前歌と似たような内容を詠んだ歌である。詞書によると通りすがりの人が長嘯子の住む草庵《そうあん》を覗《のぞ》いて、「心あるかな」と呟《つぶや》いて去っていった。聞いていた長嘯子はちょっと心が暖まったような気がして、この歌を詠んだという。通りすがりの人の「心ある」という言葉を、長嘯子は「あはれ知る」と言い換えてこの歌を詠んでいるから、「あはれ知る」とは「心ある」ことでもあった。

【詞書】見も知らぬ人の、柴《しば》の戸をさし覗《のぞ》きて、心あるかなとほのかに言へりければ、詠める。

【語釈】○あはれ―物の情趣。物のあわれ。「心ある」と意味が重なる。

16でも触れたが、丁度そのことを教えてくれるうってつけの話が『*徒然草』第十一段にある。栗栖野《くるすの》の奥のある山里に尋ね入った兼好が、苔《こけ》に覆《おお》われた細道の奥を辿って行くと、誰かがひっそりと暮らしているらしい草庵を見つける。*閼伽棚《あかだな》なども飾ってあって、兼好はこのようにしても生きられるのだなあと「あはれに見」たという印象的な話だ。実際にはこの後、*ちょっとした落ちがあるのだが、ともかく「あはれに見た」というのは、長嘯子の庵を見て通り過ぎた人が「心あるかな」と呟いたのとそっくり同じ状況である。*西行や後鳥羽院《ごとばいん》の歌に見られるように、「あはれ知る」場面として山里の住まいがよく詠み込まれた。山里の閑居で隠遁《いんとん》生活を送ることが「あはれ知る」人のあり方として理想的に考えられていたのである。右の兼好の逸話もまさにそうであった。

長嘯子は「わが身ならねど」と殊勝《しゅしょう》らしく否定しているものの、下句では「心ありげなるかな」とひそかに誇らしくも思っている。謙遜《けんそん》と自慢とが同居した気持ちであり、こうした気持ちは隠遁生活に入った人の誰しもが持つ共通の思いであったに違いない。長嘯子のにんまりした顔がこの歌から透けてくるような、そんな歌である。

*徒然草第十一段—「神無月《かんなづき》の頃、栗栖野《くるすの》といふ所を」と始まる段。

*閼伽棚—仏に供える花や香華を飾る棚。

*ちょっとした落ち—庭に大きな柑子がなっている木を縄で囲ってあったのでがっかりしたとある。

*西行や後鳥羽院の歌—「誰《たれ》住みてあはれ知るらん山里の雨降りすさむ夕暮の空」（新古今集・雑中・一六四二・西行）、「あはれ知る人は訪《と》ひ来《こ》で山里の花に傾《かたぶ》くあたら夜の月」（続拾遺集・春上・七二・後鳥羽院）。

34

あらぬ世に身は古《ふ》りはてて大空も袖より曇る初時雨《はつしぐれ》かな

【出典】挙白集・雑歌・一五四六

生きているのかどうか分からずにこの世に生きてわが身はすっかり老いてしまい、今年の大空を濡らす初時雨もまず私の袖から濡れる感じがする。

【詞書】題知らず。左注「慶長始めつ方、世を逃れ給ふ時の歌となん」。

【語釈】○古りはつ―すっかり老いてしまう。「古る」に「降る」を掛ける。

慶長五年（一六〇〇）七月十九日、石田三成《みつなり》らの西軍は徳川家康の留守居役鳥《とり》居元忠《いもとただ》が守る伏見城を包囲した。この折、木下勝俊《かつとし》（後の長嘯子）は伏見城から退去し、八月一日、鳥居元忠は自刃して果てた。この時の勝俊の戦場放棄とも見える伏見城退去の理由については当時から噂に上り、『挙白心評』では「治部少《じぶしょう》（三成）の同心し給へば家康公との信の道違《たが》ひぬ。城に居給へば宗廟《そうびょう》（豊臣家）の臣の道違ひ侍り」と、家康の信頼と豊臣家の臣としての立場の板挟*みとなったためとしている。
ともあれこの後の関ヶ原の合戦を機に、長嘯子は三十二歳で東山の霊山《りょうざん》に山荘を造り、挙白堂《きょはくどう》と名づけて退隠した。この歌は『挙白集』の左注に「世を遁れ給ふ時の歌となん」とあるから、その時詠まれたものとみてよいだろう。隠遁生活に入った自分を、降る初時雨にまず自分の袖が曇るとうたい、必ずしもその隠遁が晴れ晴れしたものではないと告白している。
「あらぬ世」といえば、父後白河院《ごしらかわいん》の崩御後に式子内親王が詠んだ「*斧《をの》の柄《え》の朽《く》ちし昔は遠けれどありしにもあらぬ世をも経《ふ》るかな」という歌がある。仙人の碁《ご》を見ていた木樵《きこり》がふと気がつくと斧の柄が朽ちるほどの月日が経過しており、故郷の村もすっかり変わっていたという中国*の故事を踏まえた歌。昔とは様《さま》変りした世に生きることを「ありしにあらぬ世に経る」と詠む。また我が身を「古りはて」とうたった例に道因《どういん》法師の「*晴れ曇り時雨は定めなきものを古り果《は》てぬるはわが身なりけり」という歌もあった。
豊臣秀吉が亡くなって世の趨勢《すうせい》は徳川家康へと移りつつあった。その決意がどういうものであったか心の内は知りえないが、武家《ぶけ》としての過去の生き方を捨てた彼が、この後六十年近くを歌人として全うしたことは間違いなかった。

*板挟みとなったため―最近の説には、後陽成天皇が歌人としての木下勝俊に目を掛けており、細川幽斎同様に、討死を惜しまれた天皇の意を受けたものという推測がなされている。(津田修造編『長嘯子新集』、吉田幸一・津田修道「木下長嘯子伝雑考」語文研究四八)。

*斧の柄の朽ちし昔は…―新古今集・雑中・一六七二・式子。

*中国の故事―述異記などに載る晋の王質の「爛柯《らんか》」の故事。

*晴れ曇り時雨は定め…―新古今集・冬・五八六・道因。

35

君も思へ我も偲《しの》ばん旅衣《たびごろも》来つつ馴《な》れにしこと語るまで

【出典】挙白集・妙寿院《みょうじゅいん》餞別・一八四三

君も私のことを思っていて下さい。私も君を偲んでいましょう。すっかり旅に慣れたことだと、帰って来て旅の話を私に語ってくれるまで。

慶長十一年（一六〇六）八月、儒学者の藤原惺窩《せいか》*は、和歌山藩主の浅野幸長《ゆきなが》に招かれて京から紀伊へ下ることになった。出立前に惺窩は長嘯子の山荘を訪れた。『挙白集』に載る長嘯子の「妙寿院《みょうじゅいん》（惺窩の号）餞別《せんべつ》」という文によると、惺窩は「山里の月見ん」とやってきた。その夜は雨が降って風も強く雲が垂れこめていて、風流どころの話ではなかったが、せっかく惺窩がやって来たので酒を酌《く》み交《か》わした。酒の肴《さかな》もあり合わせのもので、わざわざ山里

＊藤原惺窩―安土桃山・江戸前期の儒学者（一五六一―一六一九）。冷泉家の出身で、儒学をもって家康に仕え、林羅山を育てた。長嘯子より八歳年長の先輩。

の不便さを強調したような酒になった。しかし夜が更けるにつれ痛快なくらい酔っ払って興《きよう》が乗ってきた。明け方近くなって空も晴れ、月光が差し込んで来て、月を楽しもうという望みも叶った気になり、惺窩は七言絶句《しちごんぜっく》と五言律詩《ごごんりつし》二首を作り、長嘯子は和歌を二首詠んで別れた。

その翌日、惺窩から急に旅立つことになったので今日は対面できないという手紙が届いた。名残惜しいが仕方がない。そこで二首の歌を手紙に添えてやった。これはそのうちの一首である。

「君も思へ我も偲ばん」は素直な述懐《じゅっかい》と聞こえるが、『古今六帖《こきんろくじょう》』*に「誓ふ」という題の「今宵より我も思はん君も思へ後《のち》忘れじとまづ誓へ君」*という歌がある。長嘯子がこれを意識していたことは間違いない。文字通り惺窩との誓いの歌だったのである。また第四句の「来つつ馴《な》れにし」はもちろん『伊勢物語』の「かきつばた」*の業平の歌からの連想である。「旅の衣がだんだん君の体に馴染んでいったことなど、帰ってきて旅の話をしてくれるまで、自分は貴君のことを思ってそれまで待っていよう」とうたった。

前夜の月見といい、二人の友情の深さを思わせる歌である。

＊古今六帖―平安時代中期に成立した編者不詳の類題集。
＊今宵より我も思はん…―古今六帖・二九六四。
＊かきつばたの業平歌―「唐衣着つつ馴れにし妻しあればはるばる来ぬる旅をしぞ思ふ」（伊勢物語・第九段、古今集・羇旅・四一〇）。「かきつばた」の語を折句に籠める。

36

大原や雪の夜《よ》月の桂川棹《かつらがはさを》さす舟の友をしぞ思ふ

【出典】挙白集・雑歌・一五七九、林葉累塵集・七一二

中国の文人王徽子《おうきし》が舟に乗って友人を訪れたように、この月の雪の夜、桂川に棹を差してここ大原野を訪れようとしている友がいないものか、しきりに思われることだ。

寛永十七年（一六四〇）の年末、七十二歳の長嘯子は、08で触れたように東山から西の小塩山《おしおやま》に移った。その小塩山の辺りを大原野といい、早く業平に大原野神社とその背後の小塩山を詠んだ「*大原や小塩の山も今日こそは神代《かみよ》のことも思ひ出づらめ」という歌がある。

この小塩山での生活のことは長嘯子自身が「大原記」という文章を書いているが、弟子の*打它《うつだ》公軌《きんのり》がたまに訪れる程度の寂《さび》しい暮らしであったらし

【詞書】雪の降り侍りける日、公軌《きんのり》が許へ。

【語釈】○大原―今の京都市西京区の大原野。左京区の大原とは別。○桂川―保津川の下流で嵐山の麓を流れる桂川。

＊大原や小塩の山も…―古今

い。雪に降り込められると人恋しく思われるものだ。ましてや初めての大原野での冬である。これはそのような日に公軌に詠み送った歌。

「棹さす舟の友」というのは、晋の詩人*王徽之《おうきし》（子猷《しゆう》）の故事を踏まえたもの。王徽之はとある山陰《やまかげ》に住んでいたが、雪の降った後の月が美しかったので一人酒を呑み詩を吟じていた。ふと友人の戴逵《たいき》（字《あざな》は安道《あんどう》）のことを思い出し、小舟に乗って安道の家の門前まで行き、そこからすぐ引き返した。人に理由を尋ねられて「本《もと》、興《きよう》ニ乗ジテ行ク。興尽キテ反《かへ》ル。何ゾ必ズシモ安道《あんだう》ヲ見ンヤ」と答えたという。*『蒙求《もうぎゆう》』に「子猷《しゆう》戴を尋ぬ」として載る逸話であるが、日本では「山陰の雪に棹さず」という故事として知られた。長嘯子はこの故事を思い出して雪の夜に弟子の公軌《きんのり》に贈ったのである。

ところで、この歌は松永貞徳の歌集*『逍遙集』に、「長嘯翁の許へ十一月ばかりに遣はしける」という詞書で「行き通ふ月雪の夜のわが心君は知らじな山陰《やまかげ》にして」という貞徳の贈歌に対する返歌として、初句を子猷《しゆう》の故事に合わせた「山陰や」に改めた形で載せられている。どちらが先に作られたのかは不明であるが、最初公軌《きんのり》に贈ったものを、後日流用したのであろうか。このような流用は近世の歌人にはよくあることであった。

集・雑上・八七一・業平。

*打它公軌—06に既出。

*王徽之—書で有名な王羲之《おうぎし》の息子（?—三八八）。

*蒙求—唐の李瀚《りかん》撰による児童用の訓蒙の教科書。古代から南北朝に到る有名人の言行を集めたもの。日本でかなり普及した。

*逍遙集—延宝五年（一六七七）刊の貞徳の歌集。この贈答は巻六の二五四九、五〇に見える。貞徳は11に既出。

37

中々《なかなか》に訪《と》はれし程ぞ山里《やまざと》は人も待たれて寂しかりつる

【出典】挙白集・雑歌・一六〇五、林葉累塵集・一一九八

山里は人がまったく来ない時より、人が訪ねて来る時の方が、また来て欲しいと自然に待ち遠しく思われてかえって寂しく感じるものであるなあ。

前作に続いて、山里の閑居《かんきょ》の一コマを詠んだもの。詞書にある「人」とは、先にも出た弟子の公軌《きんのり》のことであろう。

『百人一首』の源宗于《むねゆき》の歌*「山里は冬ぞ寂しさまさりける人目も草も枯《か》れ(離《か》れ)ぬと思えば」、あるいは忠岑《ただみね》の歌*「山里は秋こそ殊にわびしけれ鹿の鳴く音《ね》に目を覚ましつつ」が言うように、山里と寂しさは付き物であった。山里の生活はただでさえ寂しいが、来客があるとないとではその気持ちが大

【詞書】人の許へ遣はしける。

【語釈】〇中々に―なまじ～よりもかえって～の方が、と比較する言い方。

*山里は冬ぞ寂しさ……―古今集・冬・三一五・宗于。

*山里は秋こそ殊に……―古今集・秋上・二一四・忠岑。

きく異なる。いっそ誰も来ない方がいい。「中々に」つまり中途半端に来客があるとかえって人恋しい思いが募《つの》るという。この気持ちは、山里に住んだ人でなければなかなか分からない逆説《ぎゃくせつ》であろう。普通は来客がないと寂しいというが、長嘯子は、来客があった方が寂しいというのである。

では、なんでそんな寂しさをわざわざ求めるのであろうか。一方『新古今集』には「*山深くさこそ心は通ふとも住まであはれを知らんものかは」というような西行の歌も見える。この西行の歌は『*明恵上人《みょうえしょうにん》伝記』にも載っていて、そちらでは宗教的な蘊蓄《うんちく》が付いていて成立に多少問題が残るが、西行作ということにこだわらなければ、人々が山里にあえて住むのは「あはれを知る」ためであることが分かる。33で見た「あはれ知るわが身ならねど」が語ろうとする点と同然である。

長嘯子も伝統的なその「あはれ」を体感《たいかん》しようとして、俗世間《ぞくせけん》を離れた山里に住もうとした。しかしどこかに孤独に徹《てつ》しきれない人恋しさがある。人がきた方が寂しいなどというこんな誘いかけるような歌を貰った公軌が、早速、師のもとをあたふたと訪れたとしても不思議ではない。

*山深くさこそ心は…―新古今集・雑中・一六三二・西行。32でも引用。山家集以下の西行の家集には見えない。

*明恵上人伝記―栂尾《とがのお》明恵上人の伝記。明恵は文覚の弟子であり、西行とは面識があった。伝記には西行が「和歌は真言と同じであり、みだりに和歌を詠むと邪路に陥るだろう」と語ってその教訓にこの歌を詠んだとある。

38

山里は苔《こけ》むす岩ほ松古《ふ》りて作りもなさぬ庭ぞ由《よし》ある

【出典】挙白集・雑歌・一六三九、林葉累塵集・一一九七

山里といえば、苔がむした巌《いわお》があり年を経た松が立つ、そんな人工的に作ったのではない自然に出来上がった庭こそ情趣深い謂《い》われがあるものだ。

【詞書】思ひを述ぶる歌。
【語釈】○由ある―由緒やおくゆかしい風情がある。

古代の神仙境《しんせんきょう》や浄土を模した庭園や中世の五山《ござん》の禅庭など、庭園の歴史はそれなりに古い。安土桃山時代には茶の湯の盛行に伴って多くの茶庭《ちゃてい》が造られ、また長嘯子とも交流があった小堀遠州《えんしゅう》のように作庭《さくてい》に技量を発揮した大名も出た。庭園の背景にはそれぞれの思想があったが、いずれも人工の手が加わっていることに変わりはない。
山里に住んでいる隠者《いんじゃ》の長嘯子が、「作りもな」き自然の庭がいいという

のは肯《うなず》けることだ。それも古色《こしょく》を帯びた岩や松が生えた庭で、自然が長い年月を掛けて作り上げてきた庭がいいという。もっとも長嘯子が言うような自然のあり方は、多くの武将が詠んできた自然でもあったようだ。

*かげ深み岩ほどならぬ細石《さざれいし》も苔むすばかり庭ぞ古りぬる

*涼しさの眼《まなこ》に満てる夕べかな苔むす巌《いはほ》松の下水

*仙人も住むべき洞《ほら》と見るばかり苔むす道に松ぞ傾く

長嘯子がこれらの歌を知っていたかどうかはわからないが、長嘯子がいう山里―庭―苔むす岩―古松という組合せは、中世以来、心ある人々が抱いてきたイメージからそう外れてはいない。ただ長嘯子には繰り返すなら「作りもなさぬ」という明確な条件があった。そこが長嘯子の長嘯子たる独自性であったといえるのだろう。

しかし、山里での隠栖《いんせい》生活を愛した彼がその生活を記した*『山家記』には、白楽天の『草堂記《そうどうき》』や慶滋保胤《よししげのやすたね》の『池亭記《ちていき》』、鴨長明《かものちょうめい》の『方丈記《ほうじょうき》』といった過去の文物《ぶんぶつ》を意識した嗜好《しこう》がそこここに現れている。人工的な作意を嫌った彼も、「文化」に対する信頼はしっかりと残していたことが分かる。それが彼の人間としての感情であったのだろう。

*かげ深み岩ほどならぬ……―大内政弘・拾塵集・九八九・庭の苔。

*涼しさの眼に満てる……―今川為和集・一三八〇・水辺の納涼。

*仙人も住むべき洞と……―道勝集・九四二・松旧房に傾く。

*山家記―挙白集所収。東山霊山時代の草庵生活をつづったもの。西山大原野の庵居については別に「大原記」がある。

39

谷のかげ軒の撫子《なでしこ》いま咲きつ常より君を来《く》やと待ちける

【出典】挙白集・物名・一七三八

谷陰のようなひっそりと暗い軒先に撫子の花が咲いた。それで、今日は君が訪れるのではないかといつよりもしきりに焦がれて待っていることよ。

【詞書】筍《たけのこ》五つ贈るといふことを句の上下に置きて、ある人の許へ遣はしける。

【語釈】○来やと―来るか来るかと。後撰集の「来や来やと待つ夕暮と今はとて帰る朝《あした》といづれ勝れり」(恋一・五一〇・元良親王)に拠る。

*折句《おりく》の一種「沓冠《くつかむり》」という遊戯的な技法で詠んだ歌。歌意は、咲いた撫《なで》子《こ》に恋人の面影を見てその訪れがしきりに待たれるという歌であるが、詞書によると「筍《たけのこ》五つ贈る」という挨拶が籠《こ》められているという。

確かに、「谷のかげ」「軒の撫子」「いま咲きつ」「常より君を」「来やと待ちける」の各語頭(冠《かんむり》)と語尾(沓《くつ》)を上から順に連ねると、「たけ―のこ―いつ―つを―くる」(筍《たけのこ》五つ贈る)となる。通常の下から戻って繋げる

「沓」ではないが、これはこれで「沓冠」の一種である。いずれにせよ、沓冠にするために、「谷の陰」を持ってきたり、「来やと待ちける」といったり、やや窮屈な言葉遣いになっていることは否めない。

わが家に咲いた花を誰かに見せたいと思うのは、万葉時代からの男女間の麗しい風習であった。

*わが宿に萩花《はぎはな》咲けり見にきませ今二日だみあらば散りなむ

*我こそは憎くもあらめわが宿の花 橘《たちばな》を見には来《こ》じとや

撫子を詠んだ平安時代中期の歌人伊勢の歌、

*いづくにも咲きはすらめどわが宿の大和撫子《やまとなでしこ》誰《たれ》に見せまし

もそうである。いや「誰」かではなく、相手は大抵《たいてい》決まっている。今咲いた花を見せたくて早く来ないかと、待ち遠しく思っている。この長嘯子の歌も、技巧の裏に、「ある人」の来訪を待つという誘いをこめているのであろう。実際、歌を届ける際には、相手の反応が気になるものだ。この「ある人」が誰かはわからないが、「撫子」の連想からするとやはり女性であろうか。

がそれはそれとして、沓冠の歌でもこうした自在な詠みぶりが長嘯子の才能であることは確かである。もう一例、沓冠の歌を見てみよう。

＊折句―和歌の各句の頭字を繋げて物の名を折り込む技法。

＊沓冠―頭字の他に各句の尾字（沓）にも折句を施したもの。

＊わが宿に萩花咲けり……―万葉集・巻八・一六二一・麻《ま》蘇娘子《そのおとめ》。萩が咲いたので見においでなさい。二日もたてば散ってしまいますよ。

＊我こそは憎くもあらめ……―万葉集・巻十・一九九〇・作者未詳歌。私のことは憎くお思いでしょうが、この素晴らしい花橘まで見に来ないと仰せですか。

＊いづくにも咲きはすらめど……―拾遺集・夏・一三二・伊勢。

40

千《ち》代《よ》経《ふ》とも又なほ飽《あ》かで聴くべきはこの訪れや初《はつ》ほととぎす

【出典】挙白集・物名・一七三九

今後千年を送るとしてもなお飽きることなく聴くことができるものといえば、やはり初ホトトギスが夏の最初の訪れで聴かせてくれるこの一声であろうか。

『挙白集』に前歌に続いて載る、やはり「折句」の一首である。歌の意味とは別にあるメッセージが隠されている。詞書によれば、松永貞徳《ていとく》*のもとから、「近き山紛《まが》はぬ住まひ聞きながら言問《ことと》ひはせず春ぞ過ぐせる」という歌が五把《ごわ》の粽《ちまき》に添えて届いた。あなたのお住まいの山は近くと聞いていたので間違えるはずもないと思いながら、つい訪問もせず春を過ごしてしまいましたという意であるが、各句の頭「近《ちか》き」「紛《まが》ふ」「聞《き》く」「言《こと》問ひ」「春《はる》」の最

【詞書】延陀丸（貞徳）許より、ちまき五把参らするといふことを、「近き山紛はぬ住まひききながら言問ひはせず春ぞすぐせる」とありしに、返し、「ちまき五把もてはやす」といふことを。

【語釈】○飽かで—飽きずに。

初の字を繋げると「ちまきこは」つまり「粽五把《ちまきごは》」が浮かび上がる。お詫《わ》びに粽を五把お届けしますというのである。そこで長嘯子は、その返歌に右の歌を「粽五把持てはやす」という「沓冠《くつかむり》」にして返した。「冠」に当たる「粽五把」だけではなく、「沓」つまり各句の末の字も繋げて「持てはやす」を織り込んだという次第。なんとも見事な手際《てぎわ》だ。

粽というと五月五日の端午《たんご》の節句に食べる餅《もち》。詠まれた年は分からないが、季節は五月である。五月というとホトトギスの季節。長嘯子の歌の結句《けっく》に「初ほととぎす」があるのはその縁である。相手の心遣いに対し、「この訪れ」つまり粽のご好意はホトトギスの初音《はつね》を聞くも同然の喜び、感謝にたえませんというちゃんとした挨拶の歌になっている。機転《きてん》の利いたやりとりというべく、当時の歌人たちならではの付き合いが彷彿《ほうふつ》としてくる。

「折句」で有名なのは＊業平《なりひら》の歌であるが、鎌倉末の兼好《けんこう》法師と頓阿《とんな》とのやり取りに「沓冠」の傑作がある。「＊夜《よ》も涼し寝覚《ねざ》めの仮庵《かりほ》手枕《たまくら》も真袖《まそで》も秋に隔《へだ》てなき風」、「＊夜《よる》も憂《う》し寝たくわが背子《せこ》果ては来《こ》ずなほざりにだに暫《しば》し訪《と》ひませ」という贈答《ぞうとう》。こちらは「米賜《よねたま》へ、銭《ぜに》も欲《ほ》し」「米《よね》は無し、銭《ぜに》少し」という現実的なやりとりになっているのが面白い。

＊松永貞徳―11参照。

＊業平の歌―35でも引用。「唐衣《からころも》着つつ馴《な》れにし妻しあれば遥々来ぬる旅をしぞ思ふ」（伊勢物語・第四段、古今集にも）。「杜若《かきつばた》」が折句に詠み込まれている。

＊夜も涼し寝覚めの仮庵…―夜も涼しくついこの草庵で目覚めても袖も手枕も独りであるが秋風は隔てなく吹いてくる。（続草庵集・兼好）

＊夜も憂し寝たくわが背子…―夜が辛いので一緒に寝たいがあなたは来ない。ちょっとでいいから訪ねてきませんか。（同・頓阿）

41

真袖《まそで》かす月のためぞとむべ露《つゆ》をしか払はでや影《かげ》は宿せる

【出典】挙白集・物名・一七四〇

袖の露に月を宿すためだからといって、それほど露を払わなかったせいでしょうか、なるほど月光がその払わなかった袖の露にちゃんと映っているようです。

一読しても意味がよく通じない。詞書によると、弟子の＊打它公軌《うつだきんのり》の所へ松虫を贈ったときに添えてやった歌。「松虫十《とを》やる」という語が沓冠で隠されているのだが、そもそもこの歌の沓冠自体が変則的《へんそくてき》なのだ。第一句の「真袖かす」の末字「す」、結句の「影は宿せる」の頭字「か」が詠み込まれておらず、この歌の前に見た二首の正統な沓冠とは違うのである。時に趣向にこりすぎるところがあるのも長嘯子の欠点である。

【詞書】八月の頃、公軌《きんのり》が許へ虫を賜ふとて、「松虫十《とを》やる」といふことを。

【語釈】○真袖かす月―意味がはっきりしない。真袖は万葉集によると両袖のこと。○むべ―本当にそうだと肯定する副詞。○しか―その

それは措《お》くとして、ともかく「松虫十《とを》やる」という句は折り込まれている。ちなみに、松虫は現在の鈴虫の古名と言われる虫。室町末の『光悦本《こうえつぼん》謡曲』の「松虫」の項に「松虫の声、りんりんりんりんとして、夜の声冥々《めいめい》たり」と注記がある。現在松虫の声は「ちんちろりん」で、鈴虫が「りんりんりんりん」だから（文部省唱歌「虫の声」）、この『光悦本謡曲』からすると、室町期まで鈴虫のことを「松虫」と言っていたようである。もっとも『*年山紀《ねんざんき》聞《ぶん》』の安藤為章《ためあきら》は、鈴虫のことを関東では「鈴虫」、関西では「松虫」と呼んでいたと言う。どちらにせよこの歌の「松虫」は鈴虫だったのであろう。

さて「松虫」であるが、和歌の世界では古来、「*秋の野に人松虫《ひとまつむし》の声すなり我かと行きていざ訪《とぶ》らはん」とあるように、松虫の「松」を同音の「待つ」に掛けることが人気であった。「*女郎花《をみなへし》草むらごとに群《む》れ立つは誰《たれ》松虫の声に迷ふぞ」というような歌もあった。長嘯子も歌の上に松虫を出して別の歌を案出することもできたはずだが、この歌は「露」と「月」「袖」で通している。歌意は最初に触れたように曖昧《あいまい》である。あるいは『新古今集』の「*秋の夜は宿かる月も露ながら袖に吹きこす荻《おぎ》の上風」、「*わが涙求めて袖に宿れ月さりとて人の影は見えねど」といった歌の影響があろうか。

ように、そんなに。「しか」は「然《しか》」という指示語。

*打它公軌―06参照。

*年山紀聞―契沖《けいちゅう》の弟子で江戸前期の学者安藤為章《ためあきら》が故実や和歌の事を記した書。

*秋の野に人松虫の……―古今集・秋上・二〇二・読人知らず。

*女郎花草むらごとに……―後撰集・秋中・三三九・読人知らず。

*秋の夜は宿かる月も……―新古今集・秋上・四二四・源通具《みちとも》。

*わが涙求めて袖に……―新古今集・恋四・一二七三・良経。

42

許せ妹《いも》冬ばかりこそなよ竹のかぐや姫とは温《あたた》かに寝《ね》め

【出典】挙白集・俳諧・一七五二、萍水和歌集・一〇二六

許して欲しいものだ、わが妻よ。冬の間だけは、このなよ竹のかぐや姫と一緒に温かに寝ることを。

【詞書】竹の湯婆《たんぽ》に書き付けられける。

【語釈】○妹—男から見た妻や恋人。○なよ竹のかぐや姫—竹製の湯婆（たんぽ）をかぐや姫に譬えたもの。○寝め—「め」は意志の助動詞「む」の已然形。「こそ」

俳諧歌《はいかいか》、つまり戯れの歌である。詞書の「湯婆《たんぽ》」とは湯たんぽのこと。＊『日葡辞書《にっぽじしょ》』に「Tanpo」と見える。「たんぽ」に唐音《とうおん》読みの「湯婆《たんぽ》」を当てた語で、現在では「湯」を冠して「湯たんぽ」と言っている。京阪地方では酒の燗《かん》をする器も「たんぽ」と言い、浮世草子《うきよぞうし》や浄瑠璃《じょうるり》によく登場するが、この歌では「温かに寝る」とあるから、酒器《しゅき》ではなく湯たんぽであろう。竹製だったので「なよ竹のかぐや姫」と添い寝すると洒落《しゃれ》て詠んだもの。

中国北宋《ほくそう》の詩人黄庭堅《こうていけん》に「戯《たはむ》レニ足ヲ煖《あたた》ムル瓶《かめ》ヲ詠ム」という詩があるから、湯たんぽを詠む先例がないわけではない。また『万葉集』などで妻や恋人を表した古い表現の「妹《いも》」をわざわざ持ち出し、これも古くからの美女「なよ竹のかぐや姫」と重ねたところにも、長嘯子の遊び心があった。

長嘯子はこの湯たんぽを「此君《このきみ》」と詠んで愛していた。

　*寒き夜《よ》も身にそへてこそ臥《ふ》しよけれ此君《このきみ》なくはあらじとぞ思ふ

寒い夜も「此君」があれば身に添えてよく眠れる。この君がなくてはもう居られないという。「此君」とは、竹をこよなく愛した晋《しん》の*王徽之《おうきし》（子猷《しゆう》）が竹を「此君」と呼んだという故事*から、竹の異称《いしょう》として使われた語。

　*ありとても夜の錦《にしき》の衾《ふすま》かなただ此君《このきみ》と温《あたた》かに寝ば

こちらでは、「此君」と一緒に温かに寝れば、錦のごとき立派な蒲団《ふとん》もただの薄っぺらな衾《ふすま》に過ぎないという。よほど湯たんぽを大事にしていたと見えるが、「かぐや姫」といい「此君」といい、共に寝たいといって女性扱いしていて、かなりエロチックでもあり、そういう点にも俳諧性がある。*下河《しもこう》辺長流《べちようりゆう》も気にいったのか、延宝《えんぽう》七年（一六七九）刊の『萍水《ひようすい》和歌集』にこの長嘯子の湯たんぽの歌を三首とも採用しているのが面白い。

の結び。寝よう。

*日葡辞書—ポルトガル語で説明した日本語の辞書。慶長八年（一六〇三）刊行。

*寒き夜も身にそへて…—挙白集・俳諧・一七五〇。

*王徽之—36に既出。

*故事—晋書・王徽之に載る。「何ゾ一日モ此君無カルベケンヤ」と言ったという。

*ありとても夜の錦の…—挙白集・俳諧・一七五一。

*下河辺長流—02に既出。

43

去《い》にざまの置土産《おきみやげ》とて眉《まゆ》の霜頭《かしら》の雪を呉《く》るる年かな

【出典】挙白集・俳諧・一七五三、古今夷曲集・四

さっさと去って行く時の置き土産というので、眉は霜が降りたようにまた白くなり、頭は雪が降りたような白髪を贈ってくれた年の暮れであるなあ。

【詞書】歳暮に。

【語釈】○去にざま―「往様」とも書く。行きがけ。○呉るる―物をくれるの「呉るる」に年が暮れるの「暮る」を掛けている。

前歌に続く俳諧歌。狂歌《きようか》とも戯歌《ざれうた》とも言う戯れの歌だ。過ぎ行く年を置き土産を残して帰っていく客人に擬《なぞら》えた歌である。寛文六年（一六六六）に出版された生白堂行風《せいはくどうこうふう》編の狂歌撰集『古今夷曲集《いきよくしゅう》』にも採られた。「夷曲《ひなぶり》」とは正統な和歌に対する鄙《ひな》の歌、つまり卑俗滑稽《ひぞくこつけい》な歌という意味である。室町時代あたりから歌人たちは和歌だけでなく狂歌や連歌をも大いに楽しんだ。三条西実隆も幽斎も長嘯子も貞徳も、多くの狂歌を残している。

周知のように近代以前は新年を迎えて年を一つ加えた。加齢《かれい》を象徴する白髪は老いの歎きの中でも大きな課題であった。李白《りはく》の「将《まさ》ニ酒ヲ進メントス」という詩に「朝《あした》ニハ青絲《せいし》ノ如キモ暮ニハ雪トナル」という詩句があるが、「*白頭《はくとう》の翁」は代々の詩人たちが繰り返しうたってきたテーマであった。平安時代の文屋康秀《ぶんやのやすひで》の「*春の日の光に当たる我なれど頭《かしら》の雪となるぞ侘びしき」という歌も、清原元輔《もとすけ》の「*老い果てて雪の山をば戴《いただ》けど霜と見るにぞ身は冷えるにける」なども白髪の悲しみをうたったもので、この伝統は近世にまで脈々と伝えられた。

長嘯子のこの歌もその伝統に棹さした歌であることは言うまでもない。ただし白い眉も白髪も、旧年の客がくれた置き土産だなと茶化《ちゃか》して詠み、いたずらに悲しんでいないところに長嘯子らしさがある。確実に人間に訪れる老い。それをどのように笑い飛ばしていくか、近世の文学は和歌的世界と表裏一体でありながら、狂歌や俳諧の世界と隣り合わせにある。いわゆる雅《が》と俗《ぞく》の問題であるが、そうして近世文学の胎動《たいどう》に当たって長嘯子の果たした役割はきわめて大きかった。

*白頭の翁―白居易の「新豊ニ臂《ひぢ》ヲ折ル翁」に「頭鬢《びん》眉鬚皆雪ノ如シ」とあり、菅原道真の詩「路ニ白頭翁ニ遇フ」に「白頭雪ノ如ク面ナホ紅ナリ」などとある。

*春の日の光に当たる…―古今集・春上・八・康秀。

*老い果てて雪の山をば…―拾遺集・雑下・五六四・元輔。

44

鉢叩《はちたた》き暁《あかつき》がたの一声《ひとこゑ》は冬の夜さへも鳴くほととぎす

【出典】挙白集・鉢たたき歌文・二一一九

冬の夜、都を歩き回って念仏を唱えて門口に立つ鉢叩きが明け方どきに放つ一声は、あたかも冬の夜でも鳴くほととぎすと言うべきか。

【詞書】はちたたき。

【語釈】○鉢叩き―平安中期の空也《こうや》上人の命日陰暦十一月十三日から大晦日まで、空也堂の僧が鉢や瓢簞《ひょうたん》を叩いて和讃や念仏を唱えて京の市中を巡り歩いた。これを鉢叩きといい、冬の風物詩

和歌では珍しい鉢叩きを詠んだ一首。和歌の世界で夜明けの「一声」を詠むものといえば、夏の短夜《みじかよ》をうたった貫之の名歌*「夏の夜の臥《ふ》すかとすれば郭公《ほととぎす》鳴く一声に明くる東雲《しののめ》」がいうように、ホトトギスの鳴き声であり、しかも夏の夜のそれであった。長嘯子も40で初ホトトギスを詠んでいる。

『万葉集』の大伴家持《やかもち》が特に待ちわびてうたって以来、ホトトギスは都の人士《じんし》の風流心を誘う物としてよく知られる。その一声を聴くために、今か今

かと明け方まで起きて待つこともあれば、ホトトギスの声で目覚めて夜明けを知ることもあった。とにかくホトトギスの声を聴くことは風流《ふうりゅう》の極《きわ》みであって、それは喜びであると同時に、初夏の眠りを妨げるものでもあった。

それをこの歌では冬の「鉢たたき」に転じたことが最大のミソ。冬の夜、京都の町では鉢叩きをする僧たちが念仏《ねんぶつ》を唱える声が聞こえる。その明け方の声はホトトギスがまだ冬までいて、人々の眠りを妨げるように鳴くのと同じだ。突飛な連想でもあるが、雅《みや》びな和歌の世界を現実の俗の世界に置き換える。江戸時代には、このような趣向の和歌が流行し、それまで歌には詠まれなかった「鉢叩き」といった世俗《せぞく》の風物が取り上げられるようになった。

長嘯子の歌には、こうした俗的な現実がうたわれることが多く、俳諧の連歌から出発した多くの俳人を惹きつけることになった。特に芭蕉は隠者の先《せん》達《だつ》である長嘯子を尊敬し、*「長嘯の墓もめぐるか鉢叩き」の一句を残した。「鉢叩きは長嘯子が眠る墓にも回るのであろうか」という意で、長嘯子のこの歌を踏まえて作ったものであることは明らかだ。06で見た「花の上にただ朧《おぼろ》なる月ひとり」の歌も芭蕉の俳心を誘った一首と思われるものだが、ホトトギスをうたう伝統は長嘯子を通して芭蕉まで伸びていたのである。

とされた。○ほととぎす―初夏に日本に渡って来る渡り鳥。万葉集時代からその最初の一声を聞くことが風雅の行為とされた。

＊夏の夜の臥すかとすれば…―古今集・夏・一五六・貫之。

＊長嘯の墓もめぐるか―元禄二年十二月二十四日、わざわざ去来の落柿舎に泊まって明け方聞きつけた鉢叩きを聴いて詠んだ句。(元禄三年四月刊・其角選「いつを昔」所収、去来「鉢叩きの辞」にも)。

45

山深く住める心は花ぞ知るやよいざ桜物語《ものがた》りせむ

【出典】挙白集・山家記・一七八九

山深く住む私の清冽《せいれつ》な心は花が知っていてくれよう。さあ、いざ桜よ、これから心を割った話でもしようではないか。

晩年の小塩山《おしおやま》での生活を描いた「大原記」に記された和歌。京都の西の小塩山には桜で有名な勝持寺《しょうじじ》という寺があった。西行が植えたという伝承の桜があり、そのためか山城国《やましろのくに》の地誌《ちし》である『*雍州府志《ようしゅうふし》』はこの勝持寺に「花の寺」という美称を贈った。

長嘯子が遁世の先達である西行を敬慕《けいぼ》したことはいうまでもない。29で触れた世阿弥の能「西行桜」はこの地を舞台としたものという説もあり、西行

【語釈】○住める―「澄める」を掛けている。○やよ―呼びかけの意の感動詞。○物語り―動詞「物語る」。よもやまの世間話をする。

*雍州府志―黒川道祐編の京都の地誌。十巻十冊。貞享三年（一六八六）刊。

の庵の傍らにあった朽ちた桜の「うつほ」から桜の精である老翁が現れ、西行と一夜桜の咎《とが》について語り明かすというもの。

「大原記」に書かれたこの歌の前文には「彼（西行）を縁《よすが》の主《ぬし》と頼む陰にて宿れる翁《おきな》あり。何《いづ》れの人とも知らず、また名もなし」と自分のことを物語風に紹介し、「この花の盛りにうち眺めて」と続けてこの歌を記している。

「やよいざ桜物語せむ」と桜に呼び掛けているのは、謡曲「西行桜」のように桜の精が現れて自分と物語をしないかという願望の現われであろう。いはばこの「翁」は西行になった長嘯子自身なのである。それは西行に憧れ、山家の生活を送る長嘯子にとっての見果てぬ夢であったに違いない。

　上句の「山深く住める心」についても触れよう。『源氏物語』の若紫《わかむらさき》巻に、北山の僧都《そうず》が滝に感動した源氏に向かって*「さしぐみに袖濡らしける山《やま》水《みづ》に住める心は騒ぎやはする」と応えた歌がある。明らかに「住める心」に「澄める心」を掛けた言い方で、この山水に住んで行い澄ましている心には悩み事などありませんとその心境を教えた歌である。長嘯子がこの僧都の歌を意識していたかどうかは別として、長嘯子にとっての山家《やまが》の生活は、西行の跡を追うとともに心の修行の場でもあったのであろう。

＊さしぐみに袖濡らしける…—貴方（源氏）は滝を見てすぐに滝の音に心動かされたなどとおっしゃるが、長年この山水に住んで心を澄ませてきた私はそんな音にすぐ心が動かされることはありません。

46

人の世に暗部《くらぶ》の山の桜ばな花は中々《なかなか》風も待ちけり

【出典】挙白集・うなゐ松・二〇二五、林葉累塵集・一〇九七

人の世に比べるという名のある暗部山《くらぶやま》の満開の桜花よ。散るのは同じだが、お前には前もって散るのを誘う風という存在がまだしもある。しかし私の娘は何の先触れもなく逝《い》ってしまったよ。

下河辺長流《ちょうりゅう》の編んだ『林葉累塵集《りんようるいじんしゅう》』には、この歌の前に「娘の身まかり給ふ時、あまたの歌詠み給ふ中に」という詞書がある。寛永四年（一六二七）の三月十五日に長嘯子の娘の三《さん》が十七歳でなくなった。長嘯子は「うなひ松」という追悼文《ついとうぶん》を書き、そこに娘を恋い偲《しの》ぶ多くの歌を載せた。その中の一首。この一連の哀悼歌《あいとうか》の先頭には次の二首が並ぶ。

　いざさらば唐土《もろこし》までも尋ねみんかかる憂き身の類《たぐ》ひありやと[*]

【語釈】○暗部山―京都市左京区の奥にある鞍馬山の古名。桜の名所としても知られた。○中々―人の世に比べるとかえってという意。

*いざさらば唐土までも……―挙白集・二〇一五。

誰《*たれ》も問《と》へはかなく見えし春の夢まことかとだに語りあはせん

いずれも長嘯子の哀切《あいせつ》きわまりない涙がうたわれている。よほど残念でならなかったのであろう。

春三月、折から満開の桜も散っている。桜が散るのも娘の死も無常《むじょう》のなせるわざだとはよく心得ている。しかしついついその無常を恨みに思わないわけにはいかない。桜には人間に比べ、まだしも風という恨みの原因があるではないか。なぜ人間にはそれがないのか、と桜を羨《うらや》んだのである。一種の愚痴にほかならない。長嘯子も人の子の親だったのである。

暗部の山に引っ掛けて、人間の恋と桜花との比較を試みたものに、古く『古今集』の坂上是則《これのり》の歌がある。「*わが恋に暗部の山の桜花間《ま》なく散るとも数《かず》はまさらじ」という歌である。私の恋の物思いは桜が散る以上に数かぎりないという意で、桜よりまだ自分の方が勝っているとうたうが、長嘯子の歌は桜の方がまだましだと詠んでいて比重が逆である。

下句の「花は中々《なかなか》風も待ちけり」という表現に長嘯子の哀切な思いのすべてが込められていると言えるようである。

＊誰も問へはかなく見えし…―挙白集・二〇一六。

＊わが恋に暗部の山の…―古今集・恋二・五九〇・是則。坂上是則は平安前期の歌人。

47

黒髪《くろかみ》も長かれとのみ掻《か》き撫《な》でしなど玉の緒《を》の短《みじか》かりけり

【出典】挙白集・うなゐ松・二〇三〇、林葉累塵集・一〇九六

黒髪が長くあれとそのことを一途《いちず》に願っていつも娘の髪をかき撫でて可愛がってきたのに、どうして娘の命は短いままで逝《い》っていってしまったのか。

【語釈】○玉の緒―命。魂の緒（紐《ひも》）の意で、生命の譬喩。

前歌の五首あとに見える一首。やはり死んだ娘のことを悲しんで詠んだ歌である。この歌では可愛い娘の思い出のシンボルとして「黒髪」という具象物がうたわれていて、ぐっと胸迫るものがある。娘の髪を掻きなでながら長く伸びるようにと願ってきたが、その甲斐《かい》もなく死んだ。どうして娘の命は短いままで終わったのであろうと、またもや悲しみが反芻《はんすう》されてやまない。

六歌仙《ろっかせん》の僧正遍昭《そうじょうへんじょう》がよんだ歌に、「足乳女《*たらちめ》はかかれとてしも射干玉《むばたま》のわ

*足乳女はかかれとてしも…―後撰集・雑三・一二四〇・

が黒髪を撫でずやあらなん」という歌がある。出家《しゅっけ》のため髪を切った時に詠んだもので、両親が幼い自分の髪を撫でながら育ててくれた思い出を子供の立場から詠んだものだが、このように、幼い娘や男の子の黒髪は親たちがその成長を楽しみにして撫でるものだった。その一方、成長した女性たちにとって、女の象徴としての黒髪は恋の思い出とともに、かけがいのないものとしてあった。*「黒髪の乱れも知らず打ち臥《ふ》せばまず掻きやりし人ぞ恋しき」（和泉式部）、*「長からむ心も知らず黒髪の乱れて今朝《けさ》は物をこそ思へ」（待賢《たいけん》門院堀河《もんいんほりかわ》）といった歌は、成人女性が抱えている黒髪への思いをそれぞれに語っている。

　長嘯子がそのような黒髪に託した思いはもっと率直であったようだ。掲出した歌に「長き」と「短き」という対語《たいご》表現が見られることに注意したい。紀貫之に「玉の緒」の短さと長さを取り込んだ*「玉の緒の絶えて短き命もて年月《としつき》長き恋もするかな」という恋の歌がある。痩せ細った短い命でもって長く恋をし続けると自嘲《じちょう》めいて詠んだ屈折《くっせつ》した歌であるが、長嘯子の歌にはそうした屈折した思いはなく、娘に対する哀悼《あいとう》の思いがこの黒髪の長さと命の短さのストレートな対比の中にはっきりと表明されている。

遍昭。

＊黒髪の乱れも知らず……後拾遺集・恋二・七五五・和泉式部。

＊長からむ心も知らず……千載集・恋三・八〇二・待賢門院堀河。

＊玉の緒の絶えて短き……後撰集・恋二・六四六・貫之。

48

思ひつつ寝《ぬ》る夜も会ふと見えぬかな夢まで人や亡《な》き世なるらむ

【出典】挙白集・うなゐ松・二〇四八、林葉累塵集・一〇九九

娘のことを思いつつ寝た夜でも、なかなか夢の中でも娘とは会えないことよ。現実だけでなく夢の世界でも人はさらに死ぬというのであろうか。

「思ひつつ寝ればや人の見えつらむ夢と知りせば覚めざらましを」*、小野小町が会いたい人のことを思って寝ると夢で会えるという古い伝承を踏まえて詠んだ歌だ。長嘯子は『古今集』のこの小町の名歌を踏まえて詠む。

小町は恋する人に夢で逢えたから「夢と知っていたなら覚めなかったのに」と言えたが、夢の中でも娘に会えない長嘯子は、夢の中にももう娘はいないのかと絶望の声をあげずにはいられない。夢の中でも人は死ぬのかと疑った

【語釈】○人や亡き―「人や無き」とも取れるが、それでは現実でも人が居ないことになって意味が通じない。

＊思ひつつ寝ればや人の…―古今集・恋二・五五二・小町。

人間は、長嘯子以前にいなかった。「うなひ松」のこの前後には、娘の死を現実とは受け止められないでいる父親の悲痛な思いをうたった夢の歌が多い。

　*涙川会ふ夢もがな堰《せ》き止めて避《さ》らぬ別れの柵《しがらみ》にせん

　*現《うつつ》とも夢とも分かん時までは亡き人をわが亡き人にせじ

　*夢かとぞなほ辿《たど》らるる老いらくの子は先立てんものとやは見し

　同書によれば、この娘の名は三《さん》といい、十七歳だった。寛永四年（一六二七）二月十五日、三は今はの際《きわ》と見えた。三は人を呼んで形見分けを始める。父と母は娘の手を取り、言いたいことがあるならおっしゃい、心の内が晴れないと罪が深いからと言うと、火葬《かそう》にはしないで、辞世《じせい》の歌を詠もうと思っていたのにできなかった、姉君の子供の顔が見られないのは残念だけど、これ以外には思い残すことはないと一つ一つ挙げ、くれぐれも火葬にしないでと念を押した。長嘯子はそういうことなら安心しなさい、父がいつもいる挙白堂の近くに埋葬してあげよう、そうすればいつでも私の側にいられるよと答えた。三は安心したのか、穏やかに微睡《まどろ》んだ、その顔を見て快方に向かうかと思ったものの、翌三月の十五日にとうとう身まかった。戒名は春光院万《しゅんこういんばん》花紹三《かしょうさん》という。父にとって娘は「春光」であり「万花」であったのだ。

*涙川会ふ夢もがな……――挙白集・二〇三一。私の涙川が三途の川に通ってまた娘に会える夢はないものか、そうしたら川を堰き止めてどうにもならぬ死別の柵とするのに。

*現とも夢とも分かん……――同・二〇四五。夢か現か分からなくなる時までは亡きこの娘を私の亡き人とは考えまい。

*夢かとぞなほ辿らるる……――同・二〇四六。これは夢ではないかとなおぐずぐずされる。年取っての子がまさか先に旅立つとは考えもしなかった。

49

今年《ことし》わが齢《よはひ》の数《かず》を人問《と》はば老いて醜《みにく》くなると答へん

【出典】挙白集・雑歌・一六四二、林葉累塵集・一一六一

今年、あなたは幾つにおなりになったと訊かれたらば年の数など答えずに、老いて醜くなったと返答しようか。

【詞書】八十一になり給ひける年。

長嘯子のふざけたところは一生直らずに終わったのかも知れない。いや、この時代の老人ならばこの程度の駄洒落《だじゃれ》は誰しもが言えたというべきであろうか。解釈どおり「老いて醜く」なったと取ってはならない。「醜く」の「くく」にちゃんと「九九＝八十一」という年を織り込んでいるのだ。

こういった駄洒落は普通は「言い捨て」であって、記録には残さない。それを残すというのも江戸時代の戯作《げさく》精神の一足早い表われであろうか。ちょ

うど長嘯子が生きた十七世紀の頃から、狂歌や俳諧などの滑稽な表現が積極的に書き残されるようになる。室町期からの俳諧を集めた『*新撰犬筑波《いぬつくば》集』の刊行は慶長《けいちょう》・元和《げんな》年間（一五九六―一六二四）、また長嘯子没後の寛文六年（一六六六）には聖徳太子《しょうとくたいし》から江戸初期にいたる狂歌を集成した『*古今夷曲《いきょく》集』十巻が刊行されている。

長嘯子が八十一歳になったのは慶安《けいあん》二年（一六四九）の正月。この年の前年慶安元年の十月に、長嘯子の容態が悪化し、辞世の歌を詠んで弟子に与えていた。それが思いがけず持ち直し、この年を迎える事ができた。そこで詠んだのがこの歌を含む三首。残る二首は「慶安元年、月ごろ心地《ここち》例ならざりしに、怠り給へる又の年の春」という詞書で載る次の歌。

*行き悩む川瀬《かはせ》の氷うち溶けて身も新玉《あらたま》の春は来にけり

*老いらくのいでや隙《ひま》行く駒《こま》がへり先づ嘗《な》めつべし今日の薬子《くすりご》

掲出した「醜くなると」の歌に比べると、洒脱《しゃだつ》さにおいてこの二首はまだ雅味が強い。長流が編纂した『林葉累塵集』には、長嘯子最晩年の歌として三首のうちのこの「今年わが」の一首のみが選ばれている。

*新撰犬筑波集―山崎宗鑑が集成していた稿本をこう名付けて刊行した。俳諧流行の基礎を作った。

*古今夷曲集―43参照。

*行き悩む川瀬の氷…―挙白集・春歌・三〇。去年病気で悩んだ体も打ち解けて（治って）身も新しくなった新春であるよ。

*老いらくのいでや隙行く…―同・三一。「隙行く駒」は「荘子」知北遊編に見える光陰の速さの喩え。今日は過ぎていく年が返ってきてお屠蘇ではないがまず最初に薬を嘗めたことだとうたった。

50

露《つゆ》の身の消えても消えぬ置き所草葉《くさば》のほかに又もありけり

【出典】挙白集・辞世・二一二〇

露のようにはかないこの身は草葉の露と消えても、永遠に消えることのないこの身の置き所はまた別にちゃんとあるのだ。

【前文】本文参照。

【語釈】○消えても消えぬ―長嘯子お得意の対語表現。○草葉―墓場のことを「草葉の陰」というのにちなむか。

本書をこの辞世《じせい》の歌で終えよう。慶安二年（一六四九）の六月、長嘯子は八十一歳の生涯を閉じるが、前年に病の床に臥した際に作ったものを改めて書き直したものであろうか。この歌を載せる「辞世」と題する小文が『挙白集』に再録されている。やさしい文章なので原文で掲げる。

王公といへども浅ましく、人間の煩《わづら》ひをば免れず、何の益《やく》なし。すべてすべて身の生まれ出でざらんには如《し》かじ。まして卑しく貧しからんは言ふに足らず。されば死はめでたきものなり。ふたたびかの故郷にたち帰りて、始めもなく終わりもなき楽しびを得る。この楽しみを深く悟らざる輩《ともがら》、かへりて傷《いた》み嘆く。愚かならずや。

露《つゆ》の身の消えても消えぬ置き所草葉《くさば》のほかに又もありけり

後枕《あとまくら》も知らず病《や》み臥せりて、口に出るをふと書き付くる。人笑ふべきことなりかし。

「露の身」を詠んだ辞世というと、長嘯子の義理の叔父である秀吉の辞世「*露と落ち露と消えにしわが身かな浪速《なには》のことも夢のまた夢」という歌が思い出される。長嘯子も当然知っていたはずだが、長嘯子のこの歌には「夢のまた夢」といった観念的な思い入れはない。むしろ『続古今集《しょくこきんしゅう》』に載る殷《いん》冨門院大輔《ぷもんいんたいふ》の「*消えぬべき露の憂き身の置き所いづれの野辺の草葉なるらん」という歌、あるいは宜秋門院丹後《ぎしゅうもんいんたんご》の「*何とかく置き所なく嘆くらん有り果つまじき露の命を」という伝統和歌の世界を本歌に取ったものであろう。前者とは「露」「置き所」「草葉」といった語彙《ごい》が共通し、後者とは「置き所」「露」が共通する。ただし、この女房歌人の二歌の「置き所」には、長嘯子と違って死んだあと楽しみとなる行く先がない。

＊露と落ち露と消えにし……―大阪城天守閣に残る自筆書ほか。

＊消えぬべき露の憂き身の…―続古今集・哀傷・一四二二・殷冨門院大輔。消えて当然の露のわが身、死後の置き所はどこの草葉であろうか。

＊何とかく置き所なく…―玉葉集・雑五・二五一五・宜秋門院丹後。どうしてこう身の置き所もなく嘆くのであろう。ついに最後までまっとうできない命というのに。

これに対し、長嘯子は死後の新しい身の「置き所」として「かの故郷にたち帰る」という。そしてその「故郷」とは「始めもなく終わりもなき楽しび」が得られる場所だという。「たち帰る」とあるから、生まれる以前に存在していた世界、おそらく当時の禅僧《ぜんそう》がよく説いた万物《ばんぶつ》の根源、始めもなく終わりもない世界、いわゆる宇宙の大元《たいげん》を指していったのであろう。卑近な例でいえば、赤穂浪士《あこうろうし》の一人早水《はやみ》藤左衛門が切腹を前に詠んだ「地水火風空《*ちすいかふうくう》の中より出でし身のたどらで帰る本の住み家に」といった「本の住み家に帰る」という意識に近いものであっただろう。この辺には、武士であった頃の長嘯子の面目の一端が出ているようでもある。

安土桃山時代に太閤秀吉の親族として生まれ育ち、関ヶ原以降は隠逸の生活に入った長嘯子。栄枯盛衰《えいこせいすい》を目の当たりにしてきた人物らしい、思い切りのよさに裏打ちされたものとなっている。

この辞世を遺し、慶安二年六月十五日、長嘯子は始めもなく終わりのない宇宙の根源に還っていった。享年八十一歳であった。

＊地水火風空の中より……―青山述光「義人遺草」。

歌人略伝

後の長嘯子、木下勝俊の出生には諸説あるが、永禄《えいろく》十二年（一五六九）に、武田元明《もとあき》と三淵晴員《はるかず》女《のむすめ》との子として生まれたようである。豊臣秀吉の北政所（ねね、またはおね）の兄木下家定の養子となった。十九歳で播州《ばんしゅう》龍野《たつの》城主となり、秀吉の九州征伐の途中、秀吉の歌会に参加、天正《てんしょう》十六年（一五八八）四月の後陽成《ごようぜい》天皇の聚楽第《じゅらくだい》へ行幸時の歌会や、秀吉の小田原征伐、朝鮮出兵などに従軍しつつ細川幽斎から歌を学び、秀吉の文事に参加し、自らも歌会を主催し、慶長三年（一五九八）の太閤秀吉の醍醐《だいご》の花見に合わせて一夜に花の歌五十首を詠むなど頭角を現した。しかしこの年八月、秀吉が病に没した。慶長五年の関ヶ原合戦の前哨戦としての西軍による伏見城包囲の直前に勝俊は戦場を退去してしまった。理由は不明である。その翌年京都東山に山荘を作り、長嘯子と号して隠棲生活を始め、隠者としての長嘯子の後半生が始まることとなる。三十三歳の歳だった。

慶長二十年の大坂夏の陣で豊臣氏は滅ぶが、叔母ねね（高台院）の庇護のもと静観。寛永四年（一六二七）、最愛の娘の三が亡くなり、その悲しみを和歌に昇華する日々が続く。やがて寛永十七年、洛西小塩の里に移り住み、西行を思慕して西行桜の傍に住む翁としておのが隠栖生活を「大原記」に記した。慶安二年（一六四九）八月、八十一歳にて没。その年のうちに弟子の打它《うつだ》公軌《きんのり》とその息子景軌、山本春正《しゅんしょう》らが編纂していた歌文集『挙白集《きょはくしゅう》』十巻八冊が刊行された。長嘯子の和歌約千七百五十首と六十弱の文章が収められている。

略年譜

年号	西暦	年齢	長嘯子の事跡	歴史事跡
永禄十二年	一五六九	1	勝俊この年誕生　父は武田元明《もとあき》か	
元亀　元年	一五七〇	2	木下家定の養子となる	
天正　十年	一五八二	14		本能寺の変　信長死す
十五年	一五八七	19	播州龍野城主となる　秀吉の九州征伐に従軍	幽斎「九州道の記」
十六年	一五八八	20	後陽成天皇聚楽第行幸に歌を詠む	
十八年	一五九〇	22	秀吉の小田原征伐に従軍	
文禄　元年	一五九二	24	朝鮮出兵に従軍	
二年	一五九三	25	若狭小浜城主となる	
慶長　元年	一五九六	28	幽斎から伊勢物語の講釈を受ける	
三年	一五九八	30	三月、秀吉の命で花五十首を一晩で詠む　八月十八日、秀吉没す	
五年	一六〇〇	32	六月、家康の小田原征伐に従軍　八月一日伏見城落城　落城以前に戦陣を離れ物議をかもす　関ヶ原	九月十五日関ヶ原の合戦

合戦後所領を没収される
六年　一六〇一　33　京都東山に隠栖し長嘯子と号する　慶長八年徳川幕府
十年　一六〇五　37　北政所ねね東山高台寺に移り住む
十一年　一六〇六　38　藤原惺窩の紀伊下向に際し「妙寿院餞別」を書く
十三年　一六〇八　40　父家定没す
十四年　一六〇九　41　家督相続の御礼のため関東へ下向
十五年　一六一〇　42　細川幽斎没す（77歳）
十六年　一六一一　43　娘の三生まれる　後水尾天皇即位
二十年　一六一五　47　大坂夏の陣　豊臣氏滅亡
元和　五年　一六一九　51　藤原惺窩没
寛永　元年　一六二四　56　高台院ねね没
四年　一六二七　59　三月、娘三没する（17歳）　後水尾天皇紫衣事件
六年　一六二九　61　三の三回忌に「うなひ松」を草す　明正天皇即位
十七年　一六四〇　72　十二月、洛西小塩に移り住む
慶安　二年　一六四九　81　六月十五日没する
死後山本春正らによって長嘯子の
歌文集「挙白集」が刊行される

解説　「木下長嘯子の人生と歌の魅力」――大内瑞恵

持ち上げられたり、けなされたり―毀誉褒貶《きよほうへん》のはなはだしい人

　木下長嘯子。この人はどうもわかるようでよくわからない。同時代の人にとって妙に気になる歌人であったようであり、後世の人にとっては憧れの隠者であったようである。

　永禄十二年（一五六九）に生まれ、慶安二年（一六四九）に亡くなった。かぞえで八十一歳の大往生である。木下勝俊（長嘯子）は、戦国時代に生まれ、安土桃山の華やかな空気の中で青春時代を過ごし、慶長五年（一六〇〇）に関ヶ原の合戦を迎え、その人生を大きく変える。関ヶ原の合戦は天下分け目の合戦であったと同時に、当然のことながら多くの人の人生の分かれ目でもあった。この合戦の後、武将・木下勝俊は隠者・長嘯子となり、その後五十年近く、隠逸の歌人として生きた。

　江戸前期の堂上《とうしょう》（朝廷）歌壇を作り上げた後水尾院《ごみずのおいん》（一五九六―一六八〇）は、室町期の歌人正《しょう》徹《てつ》（徹書記）と長嘯子とを並べ、正徹に及ばないと文句を言いつつ長嘯子の『挙白集』からおもしろい歌を抜書していた。後水尾院が霊元《れいげん》天皇に語った逸話集『聴賀喜』に記されている。

徹書記・長嘯の事を申し上げたれば、徹書記、事の外上手也。長嘯とは各別の間あるべし。挙白集を一ぺん御覧成られて、二十首ばかり歌御書きぬき成られたるが面白く思し召さるる歌也。

また一方では自分（後水尾院）の歌を長嘯子は聞いているだろうかと気にしている。

後日歌合の御製ども、長嘯は聞きつる歟《か》と、阿野大納言に御たづねありつれば、いかにも承《う》け給ひつると申し上げしほどに、何と申したるぞと御尋ね有れば、いつもうけ給はり候ふに、ことの外出来しておもしろきも候ふが、是はいづれも御不出来なるよし申し候ひしと也。

江戸前期にあって徳川家と渡り合い、朝廷に君臨した後水尾院が、長嘯子に自分の歌はどのように評されていたのかを気にしていたのである。長嘯子は「いつも聞いています。ことのほかおもしろいものもありますが、今回はどれも不出来」と長嘯子と縁戚であった阿野大納言実顕に語ったという。

また一方で、西行に憧れ隠遁生活を過ごした長嘯子を、俳人たちは江戸時代の西行として憧憬《しょうけい》した。

芭蕉の『嵯峨日記《さがにっき》』に、次の一文がある。

「寂しさなくば憂からまし」と西上人《さい》の詠み侍るは、寂しさを主《あるじ》なるべし。又よめる、

山里にこは又誰を呼子鳥《よぶこどり》独りすまむと思ひしものを

独り住むほどおもしろきはなし。長嘯隠士の曰《いは》く「客ハ半日の閑《かん》を得れば、主は半日の閑をうしなふ」と。素堂、この言葉を常にあはれぶ。予も又、

うき我をさびしがらせよ閑古鳥《かんこどり》

とは、ある寺に独り居て云ひし句なり。

西行や長嘯子の静寂を楽しむ生き方に、素堂や芭蕉は憧れ、見習った。ここで長嘯隠士の言ったという「半日の閑」とは、本来は蘇東坡《そとうば》と仏印和尚が互いに笑い合った故事によるものであり、長嘯子『挙白集』の中の雅文「山家記」によるが、「山家記」の「思ふどちのかたらひはいかゞむなしからん」(気心の知れた友人同士の語らいは虚しくない)という友情を語った部分は省略され、芭蕉によって静寂のみが強調されている。

長嘯子が亡くなった慶安二年(一六四九)に芭蕉は六歳。元禄時代(一六八八—一七〇四)の人々にとって慶長・寛永(一五九六—一六四四)は近いようで遠い時代であったろう。芭蕉たちにとって西行と同様に、長嘯子の生き方は隠者の理想として強調され、憧憬の対象であったのである。

木下勝俊としての人生

木下勝俊は豊臣秀吉(一五三七—一五九八)の正室、高台院(?—一六二四)の甥として成長した。弟に、木下利房、木下延俊(豊後《ぶんご》国日出《ひじ》藩主)、木下俊定(早世)、小早川秀秋(小早川家養子)らがいる。

勝俊は天正十五年(一五八七)の秀吉の九州征伐に近習《きんじゅう》の一人として従軍し、歌会に参加している。また、天正十六年(一五八八)、後陽成天皇が聚楽第《じゅらくてい》に行幸した折の歌会にも参加。細川幽斎《ゆうさい》(一五三四—一六一〇)に和歌を学び、後陽成天皇(一五七一—一六一七)の覚えもめでたい歌人であった。儒学者の藤原惺窩《せいか》(一五六一—一六一九)と親しみ、幽斎のもとでともに和歌を学ぶ松永貞徳(一五七一—一六五四)とも交流があった。そして文禄《ぶんろく》元年(一五九二)には朝鮮出兵に伴い名護屋まで行った。このときの紀行文が「九州のみちの記」である。慶長三年（一五九八）には秀吉に「花の歌を五十首」と言われ、一夜で詠み上げるほどの和歌の数寄者《すきしゃ》であった。しかし、その秀吉がこの年の八月十八日に没する。関ヶ原の合戦が始まる二年後のことであった。

　慶長五年（一六〇〇）六月十七日に、徳川家康は上杉討伐のために大坂を出発する。このとき、伏見城の守護として鳥居元忠と木下勝俊が残った。その伏見城を攻めたのは勝俊の弟である小早川秀秋である。八月一日の落城前に勝俊は伏見城を退去した。鳥井元忠が勝俊を退去させたのか、勝俊が自ら逃亡したのか、この時の事情については当時より不審とされた。

　勝俊の伏見城退去の報を聞いて、もっとも迅速に動いたのは彼の妻であった。

　　命やは浮き名にかへて何やらん見《まみ》えぬためにおくる去髪《さりがみ》

　命と名誉を引き替えにして何があるというのでしょう。もうお会いしませんので別れの髪（紙）を送りますという歌を残して出家してしまった。この女性は森於梅《おうめ》。森家は父の可成をはじめ勇猛な戦いぶりで知られた一族で、織田信長の小姓であった森蘭丸（成利）ら兄弟もみな討ち死にしている。その森家の於梅は勝俊の戦場放棄が許せなかったのであろう。さらに、合戦終結後、勝俊の所領は家康により没収された。しかし、これをきっかけとして勝俊は、東山に挙白堂という山荘を造り、隠棲生活を始め、長嘯子と名乗るようになった。

長嘯子として

　三十三歳で隠遁生活を始めた長嘯子のもとを訪れるのは風雅《ふうが》の友であった。松永貞徳をはじめ、藤原惺窩や林羅山《らざん》といった儒学者たち、笑話集『醒睡笑《せいすいしょう》』の作者で知られる安楽庵策伝《さくでん》（一五五四―一六四二）など。長嘯子の家集『挙白集』には長嘯子と歌を贈答した多くの人の名が現れてくる。ちょっとした贈答品に、折句の趣向の歌や、当時流行の俳諧歌（狂歌）を添えた。同じ歌を微妙に変えてみることもあった。長嘯子の和歌をみると、歌会などで披露されて褒貶《ほうへん》される伝統的な題詠歌だけではなく、当意即妙な日常的な和歌の応答を楽しんでいたことがよくわかる。

しかし、五十九歳になった長嘯子の生活を悲しみが襲う。寛永四年（一六二七）、娘の「三」が亡くなってしまった。森於梅との離婚後に再婚した後妻との間の子であり、長嘯子はすっかり悲歎にくれることとなってしまった。

それから十三年後、東山から洛西の小塩山へと長嘯子は居を移す。そして慶安二年（一六四九）の六月、長嘯子は八十一歳の大往生を遂げる。

没後の騒動―『挙白集』の出版とその論争

長嘯子に先んじて門人の打它公軌《うつだきんのり》（？―一六四七）が正保《しょうほう》四年（一六四七）に亡くなった。そこで、山本春正（一六一〇―一六八二）は公軌とその子景軌《かげのり》が編集中であった長嘯子の歌文集『挙白集』を師の没後に完成させた。これは慶安二年（一六四九）内に刊行されたが、翌慶安三年に『難挙白集（挙白集不審）』と、『挙白心評（挙白集難々）』があいついで出版され、当時の文学者たちを困惑させた。編者未詳、つまり匿名で『挙白集』編集の不備が難じられたのである。

一方、生白堂行風編、寛文六年（一六六六）刊の狂歌撰集『古今夷曲《いきょく》集』には長嘯子の狂歌が四首入集《にっしゅう》。下河辺長流（一六二七―一六八六）編、寛文十年（一六七〇）刊『林葉累塵集』に百二首入集するなど、長嘯子の和歌は地下《じげ》歌人（公家ではない歌人）たちに高く評価された。没後も毀誉褒貶に満ちた問題の歌人であったといえよう。

長嘯子の歌

長嘯子の歌は意味が取りづらいものも多い。しかしどこか人を引きつけるものがある。岡西惟中《いちゅう》が公家の烏丸光雄《からすまるみつお》の話を記した『光雄卿口授』に「長嘯の歌、法皇勅して云ふ、いづれも用ゐがたし。をのれが物とみゆる歌すくなし。あれの言葉、これの詞などによりてそれを仕立てて詠みしものなりとぞ。」とある。後水尾院（法皇）にとって、言葉を継ぎ合わせて口に乗せたような歌は歌とは言えなかったようだ。

しかし俳諧ではおもしろさこそ重要である。同じく惟中の『誹諧破邪顕正返答』には、

> かの長嘯子の吾妻《あづま》に行き給ふ道の記のうちに、「五月三日、京なる女子供の、けふはいふらん、思ふらん、あやめかりふく宿のうちにて、さぞ、といへば、前なる人のおほせらるる事こそ歌のやうに聞ゆれ、書き付けてみんとて見ければ、
>
> 妻子どものけふいはふらんおもふらんあやめかりふくやどのうちにてとなん」、
>
> これ長嘯子の全体の歌に成りたる也。今の梅翁師《ばいおうし》も、俳諧に至りては言句に皆俳諧也。

とある。この惟中の二つの話は表裏をなしていると言ってよい。何気ない会話でも、口に乗せてみたときに思いがけず歌になるものを楽しむのは俳諧の手法としてはかえって魅力的である。世捨て人のようでありながら、世俗の言葉をこよなく愛する。この不思議で型破りなところが長嘯子の歌の魅力であり、それこそが俳人たちをひきつけ、現代のわれわれをも魅了するのではないだろうか。

読書案内

○作品を注釈付きで読む

『近世和歌集』　久保田啓一校注・訳　新編日本古典文学全集　七三　小学館　二〇〇二
　『挙白集』から和歌を抄出。注および現代語訳つき。
『近世歌文集』　松野陽一・上野洋三校注　新日本古典文学大系　六七・六八　岩波書店　一九九六〜一九九七
　「山家記」を収録。

○作品及び資料を原文で読む

『長嘯子全集』　吉田幸一編　古典文庫　一九七二〜一九七五
　全六巻からなる長嘯子の基本文献資料集。
『長嘯子続集』　吉田幸一編　古典文庫　一九八五
　上下巻からなる長嘯子の基本文献資料集。
『長嘯子新集』　吉田幸一編　古典文庫　一九九三
　上巻は史料篇、中巻・下巻は資料・論考で構成された長嘯子の基本文献及び資料の新集。
『長嘯子後集』　岡本聡編　古典文庫　二〇〇一
　上下巻からなる長嘯子に関する文献・資料及び論考。
『中世日記紀行文学全評釈集成』第七巻　勉誠出版　二〇〇四

長嘯子『九州のみちの記』を収録。

○人物伝・評伝・研究書を読む

『和歌史に関する研究』　宇佐見喜三八　若竹出版　一九五二
「木下長嘯子の生涯」を収録。木下長嘯子の人物伝としてはじめてまとまったもの。
『松田修著作集　第一巻』「日本近世文学の成立　異端の系譜」　松田修　右文書院　二〇〇二
「木下長嘯子と名古屋山三郎」「木下長嘯子論」を収録。異端者・かぶきものという視点から江戸初期の人物を読み解いたもの。
『石川淳全集　第一六巻』「江戸文学掌記」　石川淳　筑摩書房　一九九一
「長嘯子雑記」を収録。作家石川淳による長嘯子の伝。文字通り「雑記」であるがその視点は多彩。
『和歌文学講座八　近世の和歌』　嶋中道則「木下長嘯子・人と作品」　勉誠社　一九九四
和歌史的視点からわかりやすく木下長嘯子を解説したもの。
『木下長嘯子研究』　岡本聡著　おうふう　二〇〇三
「『挙白集』成立の周辺」「長嘯子関連資料の諸問題」「長嘯子の影響作品」の三部からなる研究書。
『ドナルド・キーン著作集　第一巻　日本の文学』「日本文学散歩」　新潮社　二〇一一
「戦国編　木下長嘯子」本書の付録エッセイに収録。

【付録エッセイ】

『ドナルド・キーン著作集　第一巻』（新潮社　二〇一一年）

木下長嘯子

ドナルド・キーン

ドナルド・キーン（文学者・文芸評論家）［一九二二―］「日本文学史」「明治天皇」
訳・篠田一士《しのだはじめ》（文芸評論家・翻訳家）［一九二七―一九八九］

戦国時代に生きた者は、必ず不本意な、そして困難な二者択一を迫られることになった。この時代を無傷で生きのびた文学者は、どちらの側が抗争に勝つかを見抜く直観的な能力か、または、自分がまちがった人物についていたと覚るが早いか即座に敗者を見すてる能力を持っていた者である。しかしその変化は余りにも急激だったから、最も機を見るに敏な巧者でも、時には重大な誤りをおかすことがあった。たとえば、あの連歌師紹巴も、関白秀次がある日、秀吉の最も憎むべき敵とみなされようとは、夢にも思わなかっただろう。友人関係で大きな誤りをおかさなかった者でも、身の安全をはかるためにおのが身内に刃向かうという悲しい目には、何度か遭ったにちがいない。細川幽斎の息子は明智光秀の娘を娶《めと》った。しかし信長が暗殺され、光秀と秀吉が命運をかけて天下を争わねばならぬことがはっきりした時、幽斎はためらわず秀吉に賭けた。とはいえ、自分の家族を見すてるのはさぞ苦痛だったことだろう。光秀が信長を弑《しい》したその日に、彼が頭をまるめたのは多分そのためである。秀吉の死後、幽斎はその生涯に再び、今まで通り豊臣家に対して忠誠をつくすか、それとも新興勢力の徳川家康に乗り変えるべきかという、難しい選択を迫られた。彼は家康を択んだ。それが、石田三成が田辺城に幽斎を囲んだ理由だった。その囲みが解けてから、彼は、もと光秀の造営になる京都に近い亀山城に隠棲《いんせい》した。慶長八年（一六〇三）、将軍家康が、幽斎を「故実者」に任命したので、今度は幽斎は京都の衣笠山《きぬがさやま》の麓の庵居に移り住み、余生をそこで暮らそうときめた。こうして幽斎は、信長、秀吉、家康に仕えおおせた。しかし、敵味方常なき時代にあってみれば、彼の不実を責める者もなかった。

　幽斎が慶長十五年（一六一〇）に没して間もなく、彼の弟子の木下《きのした》長嘯子《ちょうしょうし》（一五六九―一六四九）は、「玄旨《げんじ》法印〈幽斎の号〉をいためることば」という、短いが、感動的な文章を書いた。長嘯子は、幽斎の一子《いっし》忠興が現城主として小倉城で営んだ葬儀には実際に参列しなかったから、幽斎の遺徳をしのぶ盛大な葬儀の模様を、つぶさに描くことはできなかった。しかし、古めかしい言葉で綴られているにもかかわらず、この短い文章には、師の死を悼むまぎれもない悲しみがあふれている。長嘯子が幽斎について何を学んだのかははっきりしないが、中世の伝統に従って、和歌の奥義《おうぎ》を習ったことは疑いない。おそらく幽斎は、近世の和歌の源である『万葉集』も長嘯子に手ほどきしたのだろう。しかし長嘯子の歌は、幽斎が吹きこんだ正統的な伝統に忠実であるよりも、むしろ清新で、因襲に束縛されない闊達《かったつ》な歌風のために知られることになった。

　長嘯子は、多分、ほんの武士のたしなみとして幽斎の下で和歌の勉強をはじめたのだろう。彼は低い身分から、ふたつの幸運な結婚のおかげでのしあがった一族の出だった。彼の叔母寧子《ねね》が秀吉の室《しつ》、北政所《きたのまんどころ》となり、また彼の娘が徳川家康の五男信吉に嫁《か》したのである。

叔母の結婚は、全家族に物質的な利益をもたらした。長嘯子は官位を与えられ、羽柴の姓を許された（後には自ら豊臣と名乗った）。天正十五年（一五八七）、わずか十九歳の時、長嘯子は龍野《たつの》城主に任ぜられ、五年後の文禄元年、朝鮮征伐の軍がおこされた時には、肥前の名《な》護屋《ごや》まで秀吉の供をした。この旅を記録したのが『九州のみちの記』である。文禄三年には、左近衛権少将《さこんえごんのしょうしょう》に任ぜられ、八万一千五百石の若狭小浜《おばま》城主となった。

一五九八年の秀吉の死によって、長嘯子の生涯にははじめて影がさした。しかし彼は豊臣家に仕え続けた。二年後、豊臣、徳川両家の関係はますます悪化し、ついに戦端が開かれた。長嘯子の父家定は、姫路城に封《ほう》ぜられており、徳川方についた。が、長嘯子の場合は、選択は明らかにずっとむずかしかった。彼は、豊臣秀頼と徳川家康の双方から、それぞれ、自軍のために伏見城を守れという命令を受けていた。石田三成の攻撃に対して城を守っていた軍勢の中には、徳川家名代《なだい》の忠臣鳥井元忠があり、一握りの手兵をひきいて、はるかに優勢な包囲軍を何とかもちこたえ、ついに討ち死にした。今や長嘯子は恐るべき決断に直面した。元忠のように、彼も三成の軍勢に対して城を死守すべきか、それとも豊臣家の多年の恩顧に報いるべきか。日本の武士の伝統に従えば、これは切腹して然るべき状況である。ところが長嘯子は、城を脱出して京都に引きこもってしまった。一方、小浜の彼の居城を出た軍勢は、彼の留守中、三成方として、師の幽斎が袋の鼠となっている田辺城の囲みに加わっていたのだ。事あるごとに長嘯子は、こうした戦いの奇《く》しき偶然に苦しめられたのであった。

その年、関ヶ原の合戦の後、長嘯子は家康に所領を召し上げられた。その後も、武士としての彼の行動は、各方面からの非難の的になった。歌人、小沢蘆庵《おざわろあん》は、「心ざま武士に似ず伏見の籠城に敵の旗色を見て鬼胎《きたい》をいだき鳥井元忠等を棄殺にせしは不義也」と言った。『挙白心評』の無名の編者のような長嘯子の崇拝者でさえ、長嘯子の武人らしからぬふるまいを弁護するのに四苦八苦している。「伏見の城をせめけるに、城には若狭少将、鳥井の何がしありけるに、鳥井は家康公の臣なれば、此時うち死したまひけりとなん、少将は城をさり給ふてけり、時の人武勇のすすまざりける故といひつたへ侍れども、こころある人の申《まうし》けるは、此時治部少《ぢぶのせう》〔石田三成、正しくは治部少輔〕に同心したまへば、家康公との信の道たがひぬ、城にゐたまへば、宗廟《そうべう》の臣のみちたがひ侍り、しかあるゆへに、世をすて山に入たまふことは宗廟の臣の道もたがはず、朋友の信のみちもかけ侍らぬは、そのためし、もろこしにはありぬべければ、聖賢の道をまなびたまふ故にやといへり」。

　実をいえば私は、長嘯子がしきたりに従って切腹するよりも、城を逃れる苦しい決意をした方に感心する者である。死ぬことは容易だったろう。しかし生きて人の非難を甘受することはより困難だったにちがいない。おそらく、歌人としての別の人生が開けていると思えばこそ、長嘯子は勇をふるってこの道を取ったのだろう。すでに『九州のみちの記』のような初期の習作にも、優雅だが平易な文章をほとんど全文仮名《かな》で書く、という個性的な文体があらわれていた。この作品は、全篇を通じて詩的である。実際、この日記が明《みん》国を征伐に行く（と思っていた）途上の若い武士によって書かれたことを考えれば、彼が前途の戦場で華々しい武勲をたてることよりも、みちすがら訪れた歌枕や名所の方に心を動かされたというのは、かなり驚くべきことだ。哀調を帯びたその文章は、新時代の男というより、中世の行脚《あんぎゃ》僧を思わせる。さらに日記には、途中で詠んだ和歌や、長歌さえ書きとめてあり、また『万葉集』からの引用もある。戦国時代に討ち死にした多くの武士《もののふ》とはちがい、長嘯子は明らかに、権力よりも詩にあこがれていたのだ。

『山家記《さんかのき》』に、長嘯子は、京都の東山の、霊山《りようぜん》という所で、清貧の暮らしを送った小さな家のことを書いている。

常に住所《すむところ》は、かはらふけるものふたつ、函丈《かんぢやう》〔方丈〕二間《ふたま》を殊にしつらひて、みぎり〔右〕のかべに杜少陵《とせうりやう》〔杜甫〕が詩、古人の和歌を、あはれなるは色紙にかきてをしつ。みづからのつたなきことの葉も、おりにふれたる情《なさけ》すぐさぬは、かたはらに書きつく。人みるべきならねば、ことにかたくなるも、つみゆるしつべし。やがて爰《ここ》を半《はん》日《じつ》とす。客はそのしづかなることをうれば、我はそのしづかなることをうしなふににたれど、思ふどちのかたらひはいかがむなしからん。

後年、芭蕉は『嵯峨日記《さがにつき》』の中で、この最後の数行を引き、長嘯子に全く同感だと言った。

『山家記』の別の個所で、長嘯子は「独笑《どくしよう》」と名づけた蔵書のことを書いている。それには千五百巻の「唐の文《もろこし》」と約二百六十部の和書が含まれ、その中には歌合《うたあわせ》、ものがたり、いへいへの集〔家集〕がはいっていた。これは当時第一級の蔵書で、彼は藤原惺窩《ふじわらせいか》のような学者たちにさえ本を貸していた。

長嘯子は、当時の多くの歌人とはちがって、決して自分の才能を金銭に換えようとはしなかった。歌は余技、閑暇《かんか》を消すよすがであった。彼は親しい人にこう語ったことがある。

「我はうたのみちはしらず、ただこころにおもふことをくちにいひなぐさむばかり……」。長嘯子は明らかに彼の素人芸を誇張している。彼が昔の歌、ことに正徹の歌のまじめな研究家だったことはたしかである。正徹の型にとらわれない主題は、幽斎に習った二条派の生気のない歌よりも、彼の心にかなったのである。長嘯子は、当時の和歌の師匠たちが後生大事に守っていた「秘伝」の大半にたしかに通じていたにもかかわらず、謝礼を払う弟子はおろか、精神的後継者さえ求めなかった。彼は松永貞徳のような職業歌人と関わりをもたず、超然たる風を持していたが、貞徳やその仲間から攻撃された。どうも裕福な弟子たちが貞徳をはなれて長嘯子についたためらしい。貞徳の支持者は、長嘯子の歌の欠点をあげ、正統から外れていると指摘した。長嘯子はそれに答えて、貞徳の歌は浮世のちりにまみれていると非難した。貞徳の書くものは、「俗にちかく、歌といふものにあらず。身もちなせるありさま乞食の客なりといふ」と言った。

貞徳には、長嘯子のような浮世ばなれした生活を送ることはできない相談だった。生計をたてるためには、才を売るより仕方がなかった。そのためたしかに、後世の我々の目には長嘯子より魅力がうすく見えるが、貞徳は未来の職業作家の先駆者となったのである。一方、長嘯子は過去の、より優雅な世界の人であった。彼はしばしば戦国時代と近世との過渡期の人物として扱われる。が、人生の大半を徳川治政下に過ごしたとはいえ、彼の歌には新時代の反映はほとんど見られない。その上、彼が伏見城を捨てた後も厳しい処罰を免れ、定職ももたずに悠々と自適の生活ができたのは、ひとえに徳川家の姻戚という幸運によることを忘れてはならない。松田修氏はその名著『日本近世文学の成立』の中でこう書いた。「彼の失脚は、けっして決定的なものではなく、常にある程度の復権可能性を保っていた」。長嘯子の歌は、当時非常な人気を博していた。里の童も彼の歌をうたい、都人《みやこびと》は扇にそれを書きつけた。人々は、当時の他の歌人の歌よりもずっとのびやかで想像力豊かな彼の歌風をことのほか好んだ。しかし、その素人っぽさがいかに魅力的だったにしても、それは必ずしも詩的卓越に資するわけではない。長嘯子の和歌にすぐれた詩才や、きわ立った個性を求めるよりは、次のような歌を心静かに味わう方がずっといい。

かどさして八重むぐらせり我が宿は都のひがしわしの山本

我が家が生い茂る雑草におおわれているというのは歌人の常套《じょうとう》だとはいえ、この歌にはリアリズムの気味さえある。また鋭い観察をあらわしている歌もある。

松風は吹きしづまりて高き枝《え》に又鳴きかはす春のうぐひす

時には、まがうかたなき個人的な述懐の響きもとらえられる。

世々《よよ》の人の月は眺めしかたみぞと思へば思へば物ぞかなしき

このような和歌は多くの歌人を長嘯子のもとにひきつけたが、他方彼は、彼の歌文集『挙白集《きょはくしゅう》』に対して『難挙白集』が出るほど、堂上《どうじょう》の歌人から悪意にみちた攻撃を受けた。

長嘯子は天寿を全うして八十歳まで生きた。彼は書を読み、気の向くままに歌を作り、幽斎、惺窩、小堀遠州《こぼりえんしゅう》等の友人とつき合った。もの静かで優雅な彼の暮らしぶりは当時の人々の心をとらえた。彼をまねることは難しいとはいうものの、それは今日もなお魅力的である。彼の暮らしぶりは中国の文人や、兼好法師《けんこうほうし》が『徒然草《つれづれぐさ》』に描いた日本の「よき人」のそれに近い。死の数年前に、現在高台寺《こうだいじ》にある肖像画に添えるべく、彼は辞世の歌を詠んだ。

つゆの身のきえてもきえぬおき所《どころ》くさ葉のほかに又もありけり

この歌は心をうつ。そして彼が、伏見城での苦しい決断の後送った人生が美しいものであったこと、さらに後世多くの人が彼をうらやむであろうことを自覚していたと思わせるのである。

コレクション日本歌人選　第Ⅰ期～第Ⅲ期

＊印は既刊。　★印は次回配本。

第Ⅰ期　20冊　2011年（平23）2月配本開始

1	柿本人麻呂＊	かきのもとのひとまろ	高松寿夫
2	山上憶良＊	やまのうえのおくら	辰巳正明
3	小野小町＊	おののこまち	大塚英子
4	在原業平＊	ありわらのなりひら	中野方子
5	紀貫之＊	きのつらゆき	田中登
6	和泉式部＊	いずみしきぶ	高木和子
7	清少納言＊	せいしょうなごん	坏美奈子
8	源氏物語の和歌＊	げんじものがたりのわか	高野晴代
9	相模＊	さがみ	武田早苗
10	式子内親王＊	しょくしないしんのう（しきしないしんのう）	平井啓子
11	藤原定家＊	ふじわらていか（さだいえ）	村尾誠一
12	伏見院＊	ふしみいん	阿尾あすか
13	兼好法師＊	けんこうほうし	丸山陽子
14	戦国武将の歌＊		綿抜豊昭
15	良寛＊	りょうかん	佐々木隆
16	香川景樹＊	かがわかげき	岡本聡
17	北原白秋＊	きたはらはくしゅう	國生雅子
18	斎藤茂吉＊	さいとうもきち	小倉真理子
19	塚本邦雄＊	つかもとくにお	島内景二
20	辞世の歌＊		松村雄二

第Ⅱ期　20冊　2011年（平23）10月配本開始

21	額田王と初期万葉歌人＊	ぬかたのおおきみ しょきまんようかじん	梶川信行
22	東歌・防人歌＊	あずまうた さきもりうた	近藤信義
23	伊勢＊	いせ	中島輝賢
24	忠岑と躬恒＊	みぶのただみね おおしこうちのみつね	青木太朗
25	今様＊	いまよう	植木朝子
26	飛鳥井雅経と藤原秀能＊	まさつね ひでよし	稲葉美樹
27	藤原良経＊	ふじわらのよしつね（りょうけい）	小山順子
28	後鳥羽院＊	ごとばいん	吉野朋美
29	二条為氏と為世＊	にじょうためうじ ためよ	日比野浩信
30	永福門院＊	えいふくもんいん（ようふくもんいん）	小林守
31	頓阿＊	とんな（とんあ）	小林大輔
32	松永貞徳と烏丸光広＊	ていとく みつひろ	高梨素子
33	細川幽斎＊	ほそかわゆうさい	加藤弓枝
34	芭蕉＊	ばしょう	伊藤善隆
35	石川啄木＊	いしかわたくぼく	河野有時
36	正岡子規＊	まさおかしき	矢羽勝幸
37	漱石の俳句・漢詩＊		神山睦美
38	若山牧水＊	わかやまぼくすい	見尾久美恵
39	与謝野晶子＊	よさのあきこ	入江春行
40	寺山修司＊	てらやましゅうじ	葉名尻竜一

第Ⅲ期　20冊　2012年（平24）6月配本開始

41	大伴旅人＊	おおとものたびと	中嶋真也
42	大伴家持	おおとものやかもち	小野寛
43	菅原道真＊	すがわらのみちざね	佐藤信一
44	紫式部＊	むらさきしきぶ	植田恭代
45	能因＊	のういん	高重久美
46	源俊頼＊	みなもとのとしより（しゅんらい）	高野瀬恵子
47	源平の武将歌人＊		上宇都ゆりほ
48	西行＊	さいぎょう	橋本美香
49	鴨長明と寂蓮＊	ちょうめい じゃくれん	小林一彦
50	俊成卿女と宮内卿★	しゅんぜいきょうじょ くないきょう	近藤香
51	源実朝＊	みなもとのさねとも	三木麻子
52	藤原為家＊	ふじわらためいえ	佐藤恒雄
53	京極為兼＊	きょうごくためかね	石澤一志
54	正徹と心敬＊	しょうてつ しんけい	伊藤伸江
55	三条西実隆★	さんじょうにし さねたか	豊田恵子
56	おもろさうし＊		島村幸一
57	木下長嘯子＊	きのした ちょうしょうし	大内瑞恵
58	本居宣長＊	もとおりのりなが	山下久夫
59	僧侶の歌＊	そうりょのうた	小池一行
60	アイヌ神謡ユーカラ		篠原昌彦

『コレクション日本歌人選』編集委員（和歌文学会）
松村雄二（代表）・田中　登・稲田利徳・小池一行・長崎　健